講談社文庫

戦国無常　首獲り

伊東 潤

講談社

目次

頼まれ首 7

間違い首 47

要らぬ首 75

雑兵首 101

もらい首 145

拾い首 173

解説・縄田一男 212

戦国無常　**首獲り**

頼まれ首

一

　天文十五年四月二十日、河越砂久保で扇谷上杉勢を破った小田原北条勢は、敗走する敵を上戸まで追撃し、入間川南岸に陣を布いた。
　戦は、前夜の夜討ちが成功した北条方の一方的な勝利に終わり、武者たちの関心は、いかに多くの首を挙げるかに移っていた。
　すでに敵勢の大半は入間川北岸に逃げ散っていたが、逃げ遅れた者や手負いの者が、いまだ対岸の葦原に隠れている可能性が高く、武者たちは逸っていた。
　しかし、敵は木橋を落とし、舟という舟を流してしまったらしく、入間川を泳ぎ渡るほか、北岸に至る術はなかった。
　泳術に長けた者や、若くて体力のある者は、入間川を泳ぎきり、背丈ほどもあ

る葦の間に消えていった。

ところが流れは見た目以上に速く、泳ぎ渡るのは容易でなさそうだった。深みにはまった者は、手足をばたつかせながら、あっという間に下流に流されていく。その様を見て大半の者はたじろぎ、為す術もなく河畔で成り行きを見守るしかなかった。

一方、触役は「舟橋を架けておるので、しばし待て」と触れ回っているが、上流で行われている架橋作業は遅々として進んでいないように見受けられた。むろん、舟橋が架けられてから対岸に渡っても、残された獲物はわずかである。

それらの様をじっと見ていた神谷掃部介は、意を決したように兜を背に括り付けると、流れに足を踏み入れた。

けっして若くもなく、泳術に長けているわけでもない掃部介にとって、それは大きな賭けだった。しかし若くないからこそ、この先、功名を挙げる機会がそう多くないことを、掃部介はよく知っていた。

羨望とも嘲りともつかない視線を背に感じながら、掃部介は一歩ずつ、前に進んだ。しかし、誰も掃部介を押しとどめたりはしなかった。それは「功を挙げる

機会を奪うことは、親にもできない」という鎌倉時代以来の坂東武者の仕来りからすれば、当然であった。

流れに腰まで浸かった時、その力強さに掃部介は圧倒された。その場に踏みとどまることさえ容易ではなく、掃部介は思わず手をついてしまった。

背後から、はっきりと嘲笑が聞こえた。

掃部介は心底、後悔した。

しかし今更戻っても、見物人から、さらなる嘲りを受けるだけである。

掃部介は、「ままよ」とばかりに眼前の深みに身を躍らせた。

かなり下流に流されつつも、ようやく川を泳ぎ渡った掃部介は、対岸の葦にしがみついた。

味方の多くは上流に泳ぎ着いたらしく、周囲には、敵どころか味方の気配さえない。

肩で息をしつつ、掃部介はしばし休息を取った。

すでに齢四十を数える掃部介は、ここ三年ばかり雑兵首一つ挙げられず、体力

の衰えを痛感していた。このままいけば老いさらばえるばかりで、これまで以上に敵の首を獲ることは困難となる。

自嘲的な笑みを片頰に浮かべた掃部介であったが、一瞬後には、それを打ち消すかのように勢いよく立ち上がった。

その時、何処からか、喚き声と刃のぶつかり合う音が風に乗って流れてきた。誰かが敵を見つけ、斬り合っているらしい。

功を挙げられるかも知れないという期待から、動悸が早鐘のように胸を打つ。音のする方に向かおうと、闇雲に葦をかき分けて進んだ掃部介であったが、いつまで経っても、敵にも味方にも出遭えなかった。彼らも動きながら斬り合っているらしく、その声と音は遠ざかったり近づいたりした。

周囲に静寂が戻り、諦めかけた時、突然、葦の林が途切れ、眼前に空間が広がった。

次の瞬間、掃部介の目に入ったのは、泥土の上に横たわる一人の武者だった。その全身は血にまみれ、顔も定かではなかったが、三鱗の背旗から味方とだけはわかった。

「大丈夫か」

すかさず駆け寄った掃部介が、その武者の半身を抱え起こすと、武者は力なく目を開け、掃部介の幼名を呟いた。

「源四郎か」

「猪助ではないか!」

血まみれになって横たわる男は、幼馴染の仁田猪助だった。

「猪助しっかりせい」

掃部介は渡河の折、少し先を泳ぐ武者が下流に流されていったのを思い出した。掃部介自身、必死に泳いでいる最中でもあり、助けるどころではなかったが、それが猪助とは、思いもよらなかった。

「猪助、傷を見せろ」

脇の下を斬られたらしく、猪助の胴から草摺には、べっとりと血糊が付いていた。頭部にも裂傷を負っているらしく、その顔は判別し難いほど血に染まっている。しかもその中には、白い脳漿も混じっていた。

——これは駄目だ。

脳漿が流れ出しているということは、脳に何がしかの損傷を負ったことを意味しており、そうした者が助かった例はない。

いずれにしても傷をあらためようと、頭部を触った掃部介の指が、頭蓋（ずがい）の中にずぶりと入った。

「す、すまぬ」と思わず口にした掃部介に、「気にするな。わしはもう駄目だ」と、力なく猪助が応じた。

掃部介は猪助の気持ちを鼓舞し、生きる希望を持たせねばならぬと思った。

「これくらいの傷で、情けないことを申すな」

しかし猪助は、別のことを考えているかのごとく口惜しげに呟いた。

「溺（おぼ）れそうになり、兜を捨てたのが不覚だった」

「泳ぎ着き、ようやく川を渡り切った直後に、猪助は敵と出遭ったらしかった。兜を捨て、ほっとしているところを、突然、斬り掛かられたのだな」

「うむ、これほど下流に敵はおらぬと、思い込んだのがいけなかった」

一つ間違えば、己（おのれ）の身に降りかかってもおかしくないはずの不幸が、猪助の身に起こったことを、掃部介は知った。

「それで、其奴はどこにおる」

猪助が視線で示す葦の辺りをかき分けると、敵が斃れていた。

「おぬしが討ち取ったのか」

眉間に皺を寄せ、苦しげにうなずく猪助の面には、すでに死相が表れていた。

それを気の毒に思いつつも、掃部介の関心は敵の遺骸に向けられていた。

よほど激しい戦闘だったらしく、敵の体も血と泥にまみれていた。その体に付いた泥を払うと、見目も鮮やかな陣羽織の刺繡が目に飛び込んできた。

「猪助、これは随分の者ぞ」

「随分の者」とは身分の高い武者の意である。

「たいした手柄だったのにな」

掃部介は軽い嫉妬を覚えた。

「もういいのだ。おぬしに出会えたのは、わしの運が尽きていない証拠だ。敵がこの将を探しに来る前に、この首を持ち帰り、首実検に供してくれ。さすれば、わが子の弥八郎に何がしかの恩賞が下る」

「わかった。それは引き受けよう。だが諦めるな」

「わしのことは構うな。それより首を——」

猪助が苦しげに呻いた。

掃部介は懸命に語りかけたが、猪助の意識は次第に遠のいていった。

傷の手当てをしながら、呆れるほど長い初夏の日も次第に勢いを弱め、すでに周囲を朱に染めていた。

空を覆うほどいる鴉たちは、かまびすしい鳴き声を上げながら、饗宴の開始を今や遅しと待っている。

手当てを終えた時、猪助は完全に意識を失っていた。

立ち上がった掃部介は、しばし茫然として猪助を見つめていたが、思い立ったように猪助を抱き上げると、葦をかき分け、堰堤の上に横たえた。

掃部介は、泥土の中に猪助を放置しておくことに耐えられなかったのだ。

——猪助、無念であろうが成仏せいよ。

最後に生絹の手巾で猪助の顔をぬぐった掃部介は、遺髪をその息子に渡そうと思い、髻に手を掛けた。

その時、猪助が大きく呻いた。

掃部介は、すんでのところで思いとどまった。

しかし武家の習いとして、救う術がない者に止めを刺さないわけにはいかない。

震える手で脇差を抜いた掃部介は、自らを叱咤しつつ、刃を猪助の首筋に当てた。

しかし、そこまでが精一杯だった。

しばし逡巡した後、脇差を鞘に収めた掃部介は、猪助が討ち取った敵の許に戻り、その首を掻き切った。

すでに日は西に傾き、手元さえ定かではなかったが、敵の陣羽織の錦糸の刺繡は、わずかな夕日にさえ反射し、夜目にも眩しいほどであった。

掻き切った首を腰に提げた掃部介は、後ろ髪を引かれるような思いを抱きつつ、上流を目指し、とぼとぼと歩いていった。

二

 運よく対岸に戻る小舟に乗り込むことができた掃部介は、亥の上刻(午後九時頃)、味方陣に帰り着いた。
 続々と引き上げてくる北条方の将兵により、対岸はごった返していた。
 兵たちは、それぞれの獲った首を大篝火に掲げて見せ合い、何ごとか談笑している。槍を手にし、敵を討ち取った折の状況を自慢げに再現している者さえいる。
 すでに首実検も始まっているらしく、河原に張り巡らされた陣幕内からは、首注文(戦功記録)を読み上げる検使役人の高らかな声が聞こえていた。
「おい、掃部介」
「こ、これは松田様」
 猪助の息子を探そうと周囲を見回す掃部介の許に、寄親の松田盛秀が近づいてきた。

「おっ、珍しく首を挙げたか」
「いや、これは——」
掃部介の返答を待たず、盛秀は鎧通（小刀）を取り出すと、掃部介の腰から首を切り離した。そして、近習に眼で合図し、松明や火串を持ってこさせた。
火串とは、川面を照らす「舟かがり」のことである。
近習が血糊のべっとりと付いたその髪をかき分けると、若々しい顔が現れた。
「ほほう、これは小姓首だな。道理で掃部介でも獲れたわけだ」
その言葉に近習たちがどっと沸いた。
「いや、この首は——」
掃部介が言いかけた時だった。
「おい、待てよ」
盛秀の顔色が変わった。
「すぐに首を洗え！」
盛秀の常ならぬ声に、背後に控えていた近習たちが慌てて水桶を持ち、河畔に走った。

「松田様、実はこの首は——」

掃部介が真実を告げようとした時、盛秀の許に水桶が運ばれてきた。

「よし、水をかけろ」

盛秀の下知に従い、近習たちは次々と首に水をかけた。

次第に首の顔がはっきりとしてきた。

片膝をついて首を凝視していた盛秀が、突如、「あっ」と叫んで跳び下がった。

続いてその赤ら顔が、みるみる驚愕から歓喜に変わっていく。

「こ、これは、敵の大将、上杉修理大夫朝定殿ではないか。以前、わしは使者としてお目通りしたことがあるので、よう知っておる」

——えっ！

掃部介は啞然とし、言葉もなかった。

「でかしたぞ、掃部介」

掃部介の肩を叩いた盛秀は、首を高々と掲げると、対岸にまで聞こえるほどの大音声を発した。

「敵大将上杉修理大夫殿、神谷掃部介が討ち取ったり！」

その声に吸い寄せられるように、暗がりから、わらわらと人が集まってきた。人々は口々に掃部介を称え、その肩を叩いて祝福した。

やがて、この騒ぎを聞きつけた上級武士たちも、陣幕内から次々と飛び出してきた。

最後に現れたのは、多くの供回りを引き連れた総大将の北条氏康だった。

「いかがいたした」

氏康の傍らに立つ僧形の武者が松田盛秀に問うた。

「幻庵様、わが寄子の神谷掃部介が、見事、上杉修理大夫殿の首を挙げました」

氏康とその叔父である北条幻庵の前に拝跪した盛秀が、誇らしげに首を差し出した。

周囲の者たちも拝跪したので、掃部介も慌ててそれに倣った。

幻庵に促された軍監が、盛秀の近習から松明を奪うと首に近づけた。

咳き一つ聞こえない緊迫した時が流れた。

氏康にゆっくりと向き直った軍監は、顔色一つ変えずに言った。

「上杉修理大夫殿に相違なし」

周囲から怒濤のような歓声が湧いた。やがて歓声は勝鬨へと変わっていった。しばらくその様子を眺めていた幻庵は、氏康に近づき、何ごとか耳打ちした。氏康は大きくうなずくと、すでに脚付きの折敷に載せられた首の前に進み出で、経を唱えた。

周囲もそれに倣った。

やがてそれも終わり、氏康が掃部介に向き直った。

「神谷掃部介、見事な働きであった。まずは脇差を取らそう」

「もったいなきお言葉」と言いつつ、松田盛秀は平伏したが、掃部介はただ茫然としていた。

「おい」

盛秀は掃部介を肘でつつき、氏康が差し出す脇差を受けるよう促した。掃部介はおずおずと手を差し伸べ、その脇差を受け取った。

その瞬間、歓声は頂点に達した。

三

真実を言えぬままに首実検は終わり、掃部介は担がれるようにして酒宴の場に連れていかれた。

氏康の傍らに座らされた掃部介は、氏康から戦功を称えられ、幾度も盃を受けた。

重臣たちも口々に賞賛の言葉を述べ、次々と掃部介の盃を満たした。

そのうち酔いも回り、度胸も据わってきた。

——今更、後には引けぬ。

氏康に問われるままに、掃部介はありもしない斬り合いの話を捏造した。話を始めると、不思議と言葉が口をついて出てきた。その真に迫る話に、並み居る重臣たちは息をのみ、話が終わると、万雷の拍手で掃部介を称えた。

——掃部介、士道にあるまじきことぞ。

良心がそう咎めると、

——何のことはない。このまま手柄をいただいてしまえ。
と悪心が囁いた。
　——どの道、猪助は助からぬ。それならば、この功名をいただいても構わぬはずだ。
　悪心が良心を圧倒し始めた。
　——たとえ大功を挙げようと、本人が死んでしまえば、息子や係累に与えられる恩賞はわずかなものだ。同等のものを与えてしまえば、実力本位で成り立っている武家社会の秩序が崩れてしまうからだ。それゆえ、戦場で斃れている味方の腰から首を奪うなど、常のことではないか。
　掃部介は次々と満たされる盃を呷り、酔いに任せて良心の呵責から逃れようとした。
　酩酊した掃部介の許に、仁田弥八郎がやってきたのは、深更を過ぎた頃であった。
「掃部介様、おめでとうございます」
「こ、これは弥八郎殿」

掃部介は盃を取り落としそうになるほど驚いた。
「今日は大手柄でございましたな」
「ああ、いや」
「それにひきかえ、わが父は——」
「父上は無念でございましたな」
「えっ」
弥八郎が面食らった顔をした。
「いや、お顔が見えぬようだが、父上はいかがいたした」
「実は——」
弥八郎の話に、掃部介の酔いは次第に醒めていった。

日が沈みかけても陣に戻らぬ猪助を探すべく、傍輩とその中間小者に助勢を頼んだ弥八郎は、入間川北岸に渡った。
ようやく猪助を見つけたのは、すっかり日が暮れた頃だった。
予想していた辺りよりも、はるかに下流であったため、たいそう手間取った

が、なぜか猪助は堰堤の上の河原道に寝かされていたため、月光だけが頼りの闇夜でも、容易に見つけることができた。

それだけでなく、応急処置が施されていたためか、猪助は一命を取り留めていた。気を失ったままの猪助を小舟に乗せた弥八郎らは、つい先ほど、こちらに戻ったばかりだという。

表情を覚られまいと急に酒を呷ったため、掃部介は激しく咳き込んだ。後ろに回り、その背を叩きながら弥八郎が続けた。

「父は、いまだ意識が戻っておりませぬが、掃部介様の大手柄を聞けば、きっと己のことのように喜ぶはず。河畔の救護所に父は寝かされておりますので、ぜひとも見舞ってやって下され」

「そ、それで、猪助殿は助かるのか」

「殿の御典医に診ていただいたところ、命に別状はないとのこと。しかし、目覚めるのがいつになるかまでは、わからぬそうです」

弥八郎がさも嬉しそうに言った。

「それはよかった。いや、本当によかった」

村芝居のような白々しい台詞を吐いてしまい、掃部介は慌てたが、弥八郎は何も気づいていないようだった。

「掃部介様に比べ、敵に斬られた上に金瘡の手当てまで施され、真に不覚者ではありますが、それがしにとり、たった一人の父でございます。命を取り留めただけでも、神仏に感謝いたしております」

しみじみとそう語った後、弥八郎が念を押した。

「見舞いの件、ぜひともお願いいたしまする」

弥八郎は一礼すると、酒宴の座から去っていった。

次の者が祝辞を述べているのを上の空で聞きつつ、掃部介は、酔いが一気に醒めていくのを感じた。

——たいへんなことになった。

己の愚かさを思い、掃部介は情けなくなった。他人の手柄を盗むのなら、当初からその覚悟で臨むべきであったのだ。しかし今更、何を言っても始まらない。

今すべきことは、この場をいかに取り繕(つくろ)うかだけである。

この窮地から脱する手はないかと、掃部介は知恵を絞ったが、妙案は全く浮かばなかった。

今になって真実を白状しようものなら、家中の笑い者になることは間違いなかった。ただでさえ長らく雑兵首一つ挙げられず、松田盛秀たちから蔑されてきた掃部介である。真実を告げた後のことを思うと、暗澹たる気分になる。

笑い者にされるだけならまだしも、一度でも偽りを口にした者は、武士として扱われない仕来りもあった。前言を翻し、謝罪の言葉を並べたとて、武士としての将来が全く閉ざされるであろうことは、明らかであった。

――やはりこの功名は、わしのものとせねばならぬ。

掃部介は、今まであまた見てきた武士たちの末路を思い起こした。

ある者は、伊勢宗瑞こと北条早雲と共に西国から関東に下向した家の跡取りだったが、長らく功名を挙げられず、家勢は著しく衰えた。それでも西国に帰ることもできず、下級武士として小田原で老醜を晒している。

またある者は、大きな扶持を賜り他国から移ってきた。しかし大言壮語した割には、たいした功名も挙げられず、いつの間にか小田原から消えていた。

手柄を立てられぬ者は忘れ去られ、やがてその家も衰え行くことは、幾多の事例が示していた。

一方、出自さえ定かならざる者でも、次々と手柄を立てた者は、異例の出頭を遂げた。その落差の激しさは、さらに武士たちを功名に駆り立てた。

掃部介は勝利者として栄光の人生を歩むか、敗者として惨めな人生を送るかの岐路に、今まさに立たされているのだと感じた。

小用を足すと言って酒宴を抜け出した掃部介は、周囲に人気のないことを確かめると、一人、葦の中に分け入った。

掃部介は、今は亡き父・雅楽頭から譲り受けた脇差を抜いてみた。月光を反射し、それは鈍いながらも鬼気迫る光を放っていた。続いて、先ほど氏康から下賜された脇差を抜いてみた。こちらの刃には、若々しい精気が溢れていた。

——わしは父の重荷だけでなく、己の重荷をも背負うて生きねばならぬのか。

川面を渡る生暖かい風が、ため息をつく掃部介の鬢を嘲るように撫でていった。

四

 掃部介の父・雅楽頭は、その若き日、新井城攻防戦において、敵の大将・三浦道寸(義同)を討ち取るという大手柄を立てた。それにより神谷家は、扶持米を給される無足人から、知行地を持つ馬廻衆に取り立てられた。

 それまでの父は、若く野心に燃えていたものの、小柄で非力なため、幾度となく戦場に出ても、雑兵首一つ挙げられなかった。そんな父を見限った寄親の松田頼秀は、父に内務官僚職の一つである申次御番役に就くよう勧めてきた。勧めとはいっても体のいい命令である。しかも御番役といえば聞こえはいいが、実際は奏者(取次役)にすぎない。

 しかし、どうしてもそれを受け入れたくなかった父は、「これが最後」とばかりに頼秀に頼み込み、前線部隊に配置換えしてもらった。

 父が家中で這い上がるためには、次の戦で大功名を挙げる以外に道はなかった。

その戦こそ、三浦一族との最後の戦い、新井城攻防戦である。

三浦半島の南端に押し込めたとはいえ、三浦一族の抵抗は凄まじく、連日の猛攻にもかかわらず、新井城の落ちる気配は、いっこうになかった。武勇に秀でた者たちは次々と討たれ、城の周囲に屍を晒した。

堀という堀に累々と折り重なる味方の屍の中には、父が親しくしていた者も多く交じっていた。傍輩たちの屍を見た父は、「武士は生きてこそのものだ」と、つくづく思ったという。

その後、三浦勢救援にやってきた扇谷上杉勢が粟船（大船）で惨敗し、新井城の救われる道は閉ざされた。これにより、惣懸りの気運が一気に高まった。

決戦の日、遂に大手門が破られた。黒煙が立ち込める中、城内になだれ込んだ北条方将兵は、次々と現れる屈強の敵と組み打っていった。

父はその間を縫い、大将首だけを求めて闇雲に駆けた。やがて父は、黒煙の晴れた隙間に一人たたずむ老将を見つけた。

「敵将だ」と直感した父は、遮二無二打ち掛かった。そして、その老将の槍を叩き落とし、組み伏せた上、首を打った。

幼い頃、掃部介は周囲の人々からこの話を幾度となく聞かされた。しかし父に話をせがんでも、父は渋い顔をして首を横に振るばかりだった。いつまでも若き日の功名を自慢する武士が多い中、己の功を誇らず、人目を避けるようにうつむいて歩く父が、掃部介には誇らしかった。

そんな父にも、死はめぐってきた。

掃部介がその話を聞いたのは、死の二日前だった。

枕頭に嫡男の掃部介だけを呼び寄せた父は、「神谷家のため、このことは、一切、口外無用」と前置きし、新井城での顛末を語り始めた。

「一合、二合と槍を合わせてみたが、老将は手強く、とてもわしの敵う相手ではなかった。やがて槍を叩き落とされたわしは、無様に蹴倒され、槍の穂先を首に当てられた。この時、わしは己に過ぎたる功名を狙ったことを心から悔いた。しかし、わしが観念して目をつぶると、首筋のひんやりとした感覚がなくなり、老将の『首を獲れ』という厳かな声が聞こえた。驚いて跳ね起きると、老将はわしに背を向け、数珠を手に誦経していた。兜を脱いだその白髪が激しく風に舞っていたのを、今でもよく覚えておる。わしは礼を言いつつ、老将の横腹に槍をつ

け、その首を掻いたのだ」
　その老将こそ、まさしく三浦道寸であった。
　父は、敵のおかげで大功名を挙げることができた。
　掃部介は大きな衝撃を受けたが、父はすべてから解き放たれたかのように、安らかな顔をしていた。
　父は、この話を掃部介以外の誰にもしなかったらしく、葬儀の折、弔問に訪れる者は数知れず、中には父の武名にあやかるべく、一本でもいいから遺髪が欲しいという者さえいた。
　——傍輩の中に父の苦しみを知る者はいなかった。父は一切を口外せず、後ろめたさをずっと引きずり生きてきた。そして、己の家の繁栄と共に、その重荷をわしに置いていったのだ。
　子々孫々のために、父は良心を押し殺した。そして日々、後ろめたさに押しつぶされそうになりながらも、口を閉ざしてきた。しかし最期の時、その重荷から解き放たれることを願い、掃部介に真実を告げたのだ。
　掃部介は父に倣うべきだと思った。

——どうせ抱える重荷なら、一つも二つも同じことだ。
　掃部介は、何があろうと突き進むほかないという考えに傾いていった。
　その時、先ほどから出番を待っていた悪心が囁いた。
　——己を恥じ、猪助が切腹したことにすればよいではないか。見舞いに行ったおぬしが、それを見つけるのだ。
　——それでは、わしが疑われる。
　——あの首は猪助につながらない。つまりおぬしには、猪助を殺す理由がないのだ。それゆえ、おぬしの言葉を疑う者などいないはずだ。
　——とは申しても、わしには友を殺すことなどできぬ。
　——猪助に意識が戻ってからでは、手遅れになる。それでもよいのか。
　掃部介は何かに憑かれたように立ち上がった。

　　　　五

　猪助が寝かされているという救護所の周囲に人気はなく、みすぼらしい小屋が

一つ、闇の中で静まり返っていた。

　すでに戦死者は運び去られ、軽傷を負った者の手当ても済んだらしく、小屋の周りには、血痕のついた白布や、持ち主のない壊れた武具が散らばっているだけである。

　入口の荒蓆を引き上げて中に入ると、消えかかった灯明に半顔を照らされ、猪助が横たわっていた。頭には幾重にも晒が巻かれ、とても助かりそうには見えなかった。その傍らには、顔に白布を掛けられた者が一人、戸板の上に乗せられている。

　——手当てのかいなく死んだのだな。

　小屋の唯一の明かり取りである引き落とし窓を閉めた掃部介は、無言で灯明皿に油を注いだ。

「源四郎か」

　背後から聞こえた猪助の声に、掃部介の肝が縮み上がった。

「お、おう、わしだ。よくぞ生きて戻ったな」

　灯明皿に油を注ぐ手が、ぶるぶると震えた。

「わしは何とか生きておるが、そちらの方は先ほど亡くなられた」

掃部介が隣に横たわる武士の方に首を回した。

掃部介は動揺を覚られまいと、猪助を元気づけるように言った。

「武士は生きてこそのものだ。手柄を立てられずとも、生きておれば、また機会はある」

「いかにも、な」

猪助が力なく応じた。

背に隠した鎧通に手を伸ばした掃部介は、一歩、二歩と猪助に近づいた。そして猪助の傍らまで来ると、震える右手で鎧通を抜いた。

その時、掃部介の気をそらすかのごとく、猪助が言った。

「先ほど弥八郎から、ことの顚末を聞いた」

掃部介は、息が止まりそうになった。

「わしは、どうやら敵と斬り合った末、負傷したらしいのだ」

「らしいとは、どういうことだ」

半顔をひきつらせ、掃部介が問うた。

「向こう岸で何があったか、皆目、覚えておらぬのだ」
「何——」
「気づくと、ここに寝かされていた」
 掃部介は頭を殴られたような衝撃を受けた。
 そんな掃部介の様子を一顧だにせず、猪助は淡々と語り始めた。
「弥八郎の話によると、わしは溺れかけながらも、何とか向こう岸に泳ぎ渡った。そこで敵と出遭い、斬り合ったらしい。その挙句、不覚にも、わしは敵に後れをとり、昏倒した。その敵はよほど慈悲深かったらしく、わしにとどめを刺さず、逆に金瘡の手当てを施し、去っていったらしいのだ。真に天晴れな武者だが、おかげでわしは皆の笑い者よ」
 猪助は笑おうとしたが、急に頭痛に襲われたらしく、顔をしかめた。
「つ、つまり、向こう岸であったことを、おぬしは何も覚えておらぬということか」
「うむ、何も覚えておらん」
 後ろ手で鎧通を鞘に収めつつ、掃部介が問うた。

猪助が力なく首を振った。

次の瞬間、掃部介の胸内(むなうち)から歓喜が押し寄せてきた。

——それより、わしは友を殺さずに、大功を手にできるのだ。

「おぬしは敵大将を討ち取ったというではないか。弥八郎が己のことのように喜んでおったぞ」

「ああ、うむ」

「確かに、おぬしが大将首を挙げたのだな」

「も、もちろんだ」

「そうか——」

ため息をつきつつ猪助が言った。

「よかったな」

「ああ、よかった。本当によかった」

あまりの嬉しさに、掃部介は、涙が出そうになった。

六

　救護所を出た掃部介は浮き立つ心を抑えかねた。
　猪助が記憶を失ったことにより、掃部介が手柄を盗んだことは、永遠に闇に葬られた。しかも掃部介は、友を殺さずに済んだのだ。
　――親子二代、とんだ重荷を背負い込んでしもうたな。
　掃部介は苦笑いを漏らした。
　――しかし、わしは父とは違う。残る人生を後ろめたさの中で生きた父は愚かだった。わしは父と己の重荷を糧とし、さらに出頭してみせる。
　掃部介の胸内で、野心がゆっくりと頭をもたげてきた時だった。
「待て」
　背後の暗がりから、突然、声がかかった。
　そこには、数名の従士を従えた軍監の姿があった。その顔は、いつになく厳しい色をたたえている。

続いて、暗がりの中から戸板に乗せられた猪助が現れた。
「こ、これはいかなることで」
引きつった笑みを浮かべ、へつらうように掃部介が問うたが、軍監の顔はさらに険しく強張った。
「神谷掃部介、士道不覚悟！」
「何を申される」
軍監の一喝(いっかつ)に、掃部介の心臓は飛び出しそうになった。
「源四郎」
従士の手を借りて上体を起こした猪助が、掃部介を幼名で呼んだ。
「わしは悲しい。おぬしは、友の手柄を盗むような男ではなかった」
掃部介の全身の毛が逆立った。
「わしがこちらに戻ってみると、たいへんな騒ぎになっていた。聞いてみると、おぬしが大功名を挙げたという。わしを助けた後に、敵でも討ったのかと思うていたが、聞けば、わしの預けた首を、己の獲ったものとして首実検に供したというではないか」

「違う！」
　掃部介は弁明しようとしたが、口が渇き、次の言葉は出てこなかった。
「わしは弥八郎に顛末を語り、弥八郎が御奉行様（軍監）を連れてきた。しかし御奉行様は、何の証拠もない話を取り上げようがないという」
「そうだ。何を証拠に、おぬしはわしの手柄を奪おうとするのか」
　掃部介の言葉など聞こえていないかのごとく、猪助は続けた。
「わしは、御奉行様と一計を案じた」
「何——」
「御奉行様は、おぬしをおびき寄せ、何とか言質を取れと申された。しかし、わしはおぬしを信じたかった。わしの前で、おぬしは詫びてくれると信じていた。もし詫びてくれたなら、わしの命を救ってくれた礼に、このことを生涯、黙っていようと思った。わしはすべてをおぬしの手柄とし、あの世まで、この話を持っていこうと思っていたのだ」
　猪助が涙をぬぐった。
「わしは弥八郎をおぬしの許に送り、わしが健在であることと、わしの居所を告

げさせた。わしが命を取り留めたと聞けば、おぬしは必ず殺しに来ると、御奉行様が申されたからだ。しかし、おぬしの悪事を聞き出せても、わしが殺されては元も子もないとも、御奉行様は申されるのだ」

一息ついた後、猪助が言った。

「そこで、わしは記憶を失うことにした」

「——っ」

「そして、おぬしはわしの期待を見事に裏切った」

餓鬼のような面相を引きつらせ、掃部介が一歩、二歩とずさった。

「源四郎、これ以上、恥を晒すな。従士たちは再び猪助を横たえた。猪助が苦痛に顔を歪めたので、わしは、そんなおぬしを見るのが辛い」

——掃部介、何をやっておるのだ。ここで引いてはすべてを失うぞ！

悪心が断末魔の呻きを上げた。

掃部介は、その悪心にすがらざるを得なかった。

「御奉行様、この者は夢を見ているに違いありませぬ。いえ、他人の功名に嫉妬し、乱心いたしたのでありましょう。この話、何の証拠もなく、証人もいないは

軍監は首を横に振ると、掃部介を糾弾するかのように言った。
「掃部介、救護所に入ったおぬしは、背に白刃を隠し持っていたではないか」
「何と——」
救護所の灯明皿に油を注いだ後、猪助に気取られぬように、掃部介が、後ろ手に鎧通を持っていたことは確かだった。
しかし、掃部介は唯一の小屋の窓を閉めたのだ。
——わしと猪助のほかに、中には誰もいなかったはず。
反駁しようとする掃部介の足元に何かが投じられた。それを手に取った掃部介の面から、血の気が引いていった。
それは血に染まった白布だった。
軍監が憐れむように言った。
「猪助の隣に横たわる遺骸は、わしだったのだ。わしはこの目で、おぬしが後ろ手に持つ白刃を見た」
掃部介は本能的にこの場から逃れようと思った。後先のことを考えず、掃部介

はただ、この場から逃れたかった。

数歩あとずさった掃部介が闇の中に飛び込もうとした時だった。闇の中に多くの人々の気配がした。すでに掃部介は取り囲まれていたのだ。

「この恥晒しめ！」

喚き声がすると、佩刀を抜いた松田盛秀が進み出た。しかし、それを制するように、北条幻庵の厳しい声音が聞こえてきた。

「初代早雲庵宗瑞様建国の砌より、わが家は義を重んじ、義を第一として成り立ってきた。それに反する振る舞いをした者がどうなるかは、わかっておろう」

掃部介が、がっくりと肩を落とした。

「神谷掃部介、この場で切腹を申しつける。ただし、そなたの父の功と猪助の一命を救ったことを認め、知行はそのままとし、家督を息子に取らせる。これは仁田父子のたっての願いでもある」

自嘲的な笑みを浮かべた掃部介は、肩の荷を下ろしたかのようにその場に座り込み、腹をくつろげた。

思い残すことは何もなかったが、卑怯者の息子として重荷を背負って生きねば

ならぬ息子が、掃部介には哀れだった。そうした重荷が、第二、第三の悲劇を生むことになると知る者は、掃部介のほかにいるはずもなかった。
「掃部介様、介錯仕ります」
弥八郎の若々しい声が背後から聞こえた。
それに軽く会釈した掃部介は、あっさりと腹に刃を突き立てた。
入間川の川面に生暖かい風が起こり、白髪の混じった掃部介の鬢を優しく撫でていった。

間違い首

一

——こんな戦に命を賭ける馬鹿もおるまい。

敵を追って次々と駆け去る傍輩たちの背を眺めつつ、三間の長槍を置いた田野倉瀬兵衛は、接近戦用の長さ一間の短槍を手に取ると、ゆっくりと城を出た。

天正十年七月、小田原北条氏傘下の国人領主・長尾新五郎顕長は、本拠である上州館林城を佐竹義重勢に包囲された。

顕長から援軍要請を受けた北条氏政は、二万の大軍を率い、すぐさま小田原を発向すると同時に、岩付城主・太田源五郎率いる岩付衆を館林に急行させた。

太田源五郎とは、岩付太田家に養子入りしている北条氏政の三男・国増丸のこ

とである。

全国規模で見れば、瑣末な局地戦に過ぎないこの戦いも、両陣営にとっては、東国の覇権をめぐる重要な戦いの一つであった。

ここに至るまでの経緯は複雑である。

同年六月、武田家を滅ぼした織田信長が本能寺に斃れたことにより、主不在となった甲信の地をめぐり、徳川家康と北条氏政が激突した。

天正壬午の乱である。

両軍は甲斐国若神子で対峙し、東国の盟主の座をめぐって雌雄を決しようとしていた。むろん、双方の調略戦は熾烈を極めた。

家康は織田政権の後継者としての正統性を訴えつつ、信濃の依田信蕃、小笠原貞慶、同信嶺、知久頼氏、下条頼安、甲斐の武田旧臣、武川衆、津金衆ら地侍衆の大半を味方につけた。さらに、常陸の佐竹義重ら反北条を旗印に掲げる北関東の国衆とも誼を通じた。

これに対し北条氏政は、信濃の真田昌幸、木曾義昌、岩尾大井行吉、伴野信守、諏訪頼忠、さらに上野の由良国繁、長尾顕長らと結び、家康に対抗した。

戦火は甲信の地から、東海、関東へと飛び火しつつあった。

とくに、以前から北条氏政と対立していた佐竹義重は、渡りに舟とばかりに家康と結び、北条領に兵を進めてきた。それだけならまだしも、上野国にも領国を持つ真田昌幸が、突如として徳川方に転じたため、北条家にとり安定していた北関東が、一転して危機に陥った。

佐竹義重は、北条家に本拠の岩付城を追われた太田三楽斎（道誉）資正、梶原政景父子を先手に押し立て、長尾顕長の館林城に迫った。

一方、氏政の命を受けた太田源五郎は、岩付衆を率い、館林城の救援に駆けつけてきた。

夜明けと共に始まった戦いは、城を囲んでいた三楽斎らの側背を突いた北条方が有利に進めた。昼過ぎには、三楽斎勢の一角が崩れ、それを見た北条方は、ここを先途と敵の追撃に移った。

城内からこの様子を見ていた長尾顕長は、少しでもこの勝利に貢献した実績を残そうと思い立ち、配下に出撃を命じた。

田野倉瀬兵衛は館林長尾家に長く仕える徒士侍であった。常は槍組足軽の一員として、寄親の統制下に置かれていたが、「討ち取り勝手」の触れが出された今回ばかりは、どこをどう走ろうが自由の身となった。功名を挙げようとする者たちは城門を飛び出し、勇んで敵を追っていった。しかし戦場は混乱を極めており、闇雲に駆け入ることは危険極まりないことを、瀬兵衛は知っていた。
　城を出た瀬兵衛がしばらく行くと、そこかしこに敵味方の小旗が打ち捨てられ、壊れた武具が散らばっている場所に出た。それらは、味方が敵の反撃に遭って苦戦したことを物語っていた。
　——これでは、どちらが勝ったのかわからぬ。
　泥土にまみれた三鱗の大旗を見つけた瀬兵衛は、皮肉な笑いを浮かべた。
　日は大きく西に傾き、山の端に隠れようとしている。それは仕事を早く済ませろという合図でもあった。
　瀬兵衛の足は速まった。
　そのまま街道筋をしばらく進んだ瀬兵衛は、一人、皆の走り去った街道から外

主の長尾顕長には徳川も北条もなかった。今回、顕長は情勢有利と見た北条方に与したものの、明日はどうなるかわからない。おそらく、甲信の地で徳川勢が優勢になれば、顕長は躊躇なく寝返るはずだった。

　瀬兵衛は、そんな戦に命を賭けることなどまっぴらだった。しかし、功名を挙げたいという欲心だけはある。

　危ない橋を渡らずに、いかに手柄を立てられるかが、唯一、瀬兵衛の関心事であり、その答は水場にあった。

　——手負いの敵は、遠くには逃がれられん。せめて喉の渇きを癒すため、水場に向かうものだ。

　ようやく沢に着いた瀬兵衛は、周囲の気配を探ったが、鬱蒼とした樹木に囲まれたその沢には、雷雨のような蟬の声が降り注いでいるだけである。

　瀬兵衛は川水をすくうと味を確かめた。

れ、沢に向かう脇道に入った。

　とたんに蟬の声が激しくなり、戦場の喧騒が遠のいていった。

　——獲物がおればよいのだが。

――血の味はしていない。ということは、上流に手負いはおらぬはずだ。
　瀬兵衛は下流に向かって歩き始めた。
　すでに壮年に達する瀬兵衛は、戦場に関する諸事に通じていた。この沢に向かったのも、以前に一度、水場で事切れていた敵兵を見つけた経験を生かしてのものだった。
　――日没まであと半刻。急がねばならぬな。
　逸る気持ちを抑えつつ、瀬兵衛は五感を研ぎ澄ませた。
　夏の日は沈みそうで沈まず、その最後の力を振り絞るかのように、生い茂る熊笹の影を長く伸ばしていた。

　　　　二

　小半刻ほど下流に歩いてみたものの、敵の気配は一向になかった。
　瀬兵衛の期待が落胆に変わる頃、右手奥の叢林がわずかに揺らいだ。経験に裏打ちされた直感が、それが風の悪戯でないことを告げていた。

何も気づいていないかのごとく歩みを緩めず、その場をやり過ごした瀬兵衛は、しばらく進んでから素早く身を翻し、右手の熊笹の中に身を隠した。

額(ひたい)の汗をゆっくりとぬぐうと、瀬兵衛は短槍を構え、叢林の中の気配を探った。

——いる。

蟬の声もやや衰えてきたため、音を立てないよう熊笹をゆっくりとかき分けつつ、瀬兵衛は歩を速めた。

叢林の中を大きく迂回(うかい)し、先ほど何者かが動いたと見えた熊笹の背後に回り、耳を澄ませると、熊笹をかき分けるわずかな音が聞こえてきた。

瀬兵衛は音のする方角にゆっくりと向かった。

やがて道が開け、笹をかき分けた跡が現れた。その笹には、血糊(ちのり)がべったりとついている。

——やはり手負いか。

瀬兵衛はにやりとすると、さらに歩みを速めた。

手負いであれば、気づかれても斃せる自信が、瀬兵衛にはあった。

敵は瀬兵衛の気配を察したらしく、歩みを止めたようだ。先ほどまで聞こえていた熊笹をかき分ける音が聞こえなくなった。
　瀬兵衛は立ち止まり、なおも敵の気配を探った。
　空気が凍りついたかのような緊張が、周囲に張りつめた。
　じっと耳を澄ませていると、蟬の声に交じり、荒い息遣いが聞こえてきた。
　槍を持ち直した瀬兵衛は、息遣いのする方角に向かって躊躇なく踏み込んだ。
　次の瞬間、突然、視界が開けた。
　その中央に、敵が茫然と立ち尽くしていた。
　全くの逆光で、敵は黒い影となっていた。
「待て！」
　瀬兵衛の槍が繰り出された瞬間、敵が叫んだ。しかし、突き出された腕をかいくぐり、瀬兵衛の槍は敵の脾腹に深々と突き刺さった。
「待てと申したのに……」
　何ごとか呻きつつ、敵は熊笹の中に身を横たえていった。
　すかさず駆け寄った瀬兵衛は、慣れた手つきで止めを刺すと、その顔をあらた

——なんだ、小僧か。

　討ち取った敵が、いまだ二十歳にも満たぬ若武者と知り、瀬兵衛は落胆した。

　しかも、その手に握られているのは、武器ではなく竹筒だった。

　死んだ敵の指をこじ開け、竹筒を奪い取った瀬兵衛は、その重さを楽しむかのように弄んだ。

　竹筒には、水が満たされているらしく、思いのほか重かった。

　——いずれにしても、この者は手負いでなかった。とすると、もう一人、近くに敵が隠れておるはずだ。しかも、この者はすでに水場で渇きを癒したはずだ。にもかかわらず、水を満たした竹筒を大切そうに持っていた。後で己が飲むためであれば、腰に括るはずだ。手に持っていたということは、すぐに使うということだ。つまり、この竹筒を近くにいる手負いの傍輩に届けようとしていたに違いない。

　斃した敵の竹筒の水で喉を潤しつつ、瀬兵衛は、この近くに動くことのできぬ敵が、いま一人いることに確信を持った。

若武者の首を落とし、慣れた手つきで腰に括り付けた瀬兵衛は、若武者の進もうとしていた方角に向かって、再び歩き出した。

踏みしめられた熊笹の間を、瀬兵衛は用心深く進んだ。
熊笹の葉に付いた血痕の量が多くなった。
——いよいよ近いな。
瀬兵衛の緊張は高まった。
腰に括り付けた首は、無念そうな眼差しを瀬兵衛に向けていた。何とはなしに、首が「行くな」と言っているような気もしたが、功名の誘惑には勝てず、瀬兵衛はさらに歩を進めた。
すでに日は翳り、樹叢(じゅそう)の作る陰影が際立ってきた。時折、川面(かわも)に反射する残照が瀬兵衛の視覚を射たが、瀬兵衛は些細なものでも見落とすまいと、大きく目を見開き、前に進んだ。
やがて空間が開け、目指すものが現れた。
思った通り、一人の武士が熊笹の上に寝かされていた。

その周囲には、血糊の付いた布切れが散らばっている。
そこに見えるおびただしい量の血から、瀬兵衛は、武士が瀕死の状態にあることを知った。
眠っているように動かない武士に近づいた瀬兵衛は、その鼻と口に手をかざしてみた。

——事切れておる。

武士の死を確かめた瀬兵衛は、念のため頸動脈を切ってみた。血管から血は噴き出さず、武士は何の反応も示さなかった。

武士の顎を持ち、その顔を夕日に透かしてみると、その面には、すでに死後の斑紋が表れていた。

片手を眼前にかざし、しばし誦経した瀬兵衛は、ためらいもなく武士の首に刃を当てた。

手元が覚束ない中、ようやく作業を終えた瀬兵衛は、傍らに転がる兜に気づいた。

前立はなく、錣も外れ掛かっていたが、それは、まごうことなき名品であっ

その兜は、当代随一の甲冑師・明珍一派の手になるものらしかった。
──もしや、名ある武士かも知れぬ。
　期待に胸をふくらませつつ、首を残照にかざしてみたが、それは案に相違し、若々しいものだった。
　少し落胆しつつも、瀬兵衛は首と同じように兜をかざし、その頭裏に書いてあるかもしれない持ち主の名を確かめた。
　かすかに「道誉」という文字が読めた。
　瀬兵衛の目が見開かれた。
　道誉といえば、敵の先手大将・太田三楽斎資正のことである。
　しかし、太田三楽斎はすでに老人のはずである。それを思い出し、少し気落ちした瀬兵衛であったが、道誉の縁者かも知れぬと思い、気を取り直すように立ち上がった。
──いずれにしても、敵方であることは間違いない。味方首を首実験に供すわ

けにはまいらぬからな。
二つの首を腰に括り付けると、瀬兵衛は上機嫌で帰途についた。
夕日は、限りなく朱色に近い最後の輝きを関東平野に注いでいた。

　　　　三

館林城内は騒然としていた。
勝ち戦にもかかわらず、おびただしい数の怪我人がそこかしこに横たえられ、施療（せりょう）に当たる僧や小者が忙しげに立ち働いている。
怪我人は呻き声を上げつつ、自らの金瘡施療の番を待っているが、中には硬く目を閉ざし、すでに動かない者もいた。
その光景は、とても勝者のものとは思えなかった。
たまたま通りかかった傍輩も負傷したらしく、その頭や腕には、真新しい晒（さらし）がぐるぐると巻かれていた。
「いかがいたした」

「どうもこうもない。勝ちに乗じて敵を追ったはいいが、待ち伏せに遭った。われら長尾勢は、それほどの被害でもなかったが、渡良瀬池付近まで仕寄った岩付勢は、泥田に踏み入ったところを佐竹勢に囲まれ、散々な目に遭ったらしい」
「それでは負け戦ではないか」
「いや、館林城を守りきったのだから勝ち戦だと、小田原から来た衆は強弁しておる」
瀬兵衛は苦笑した。
「そういう見方もあるが」
——われら雑兵がどれだけ死のうが、大将が「勝った」と言えば、それで戦は勝ちなのだ。
「合戦は政治だからな」
瀬兵衛の気持ちを見透かしたかのように、傍輩はため息をついた。
「勝ったということは、首実検があるな」
「ああ、本曲輪(ほんぐるわ)に大殿を迎えて盛大にやるそうだ」
北条氏政が到着していることを、瀬兵衛は初めて知った。

「それより、おぬしは首を二つも獲ったのか」

傍輩が羨ましそうな視線を瀬兵衛の提げる首に向けてきたが、瀬兵衛は、すでに別のことを考えていた。

——大殿が首実検に立ち会うとなると、恩賞は相当なものになるぞ。

瀬兵衛は浮き立つ気持ちを抑えかねた。

われに返った時、すでに傍輩は歩み去っていた。首実検の場とは反対方向に向かったことから、瀬兵衛は、傍輩が首を一つも挙げられなかったことを知った。

——懸命に槍働きをしても、首一つ獲るのは容易でない。しかし頭を使えば、首などいくらでも獲れるのだ。

首一つ獲れなかった傍輩を、瀬兵衛は蔑んだ。

本曲輪で行われる首実検に向かう途中、かなりの数の荷車を引く部隊とすれ違った。その上には、戸板が多く載せられていた。彼らは戦闘の終わった戦場に出向き、動けなくなっている味方の負傷者を収容するのだ。

合戦となれば、いつも見られる光景だったが、今回は、いつになく大掛かりであった。

味方の被害が相当なものであることを、瀬兵衛は知った。
小田原から出向いてきたらしい見慣れぬ顔の侍大将が、血相を変えて配下に下知している。
漏れ聞くところによると、誰かを探しているようだった。
──戦場では、行方知れずはつきものだ。
小田原から来た連中の落ち着きのなさを、心中で嘲りつつ、瀬兵衛は本曲輪に向かった。

氏政臨席ということで、首実検の場には、ぴりぴりとした空気が漲っていた。
先に現れた長尾顕長も、いらいらと床几を立ったり座ったりしながら、軽輩や小者に、しきりと何ごとかを命じている。その度に、首桶の位置が変えられたり、床几が片付けられたりした。
瀬兵衛は武将首一つと小姓首一つを首注文に記帳してもらうと、小者に首を託した。首を洗い、化粧を施し、髪を結い直してもらうためである。
ほどなくして、薄く化粧された二つの首が返されてきた。

将とおぼしき首の方は、死後、しばらく経ってから掻き切られたためか、鬱血がひどく、かなり腐敗が進んでいた。化粧を施しても、とても見られたものではない。

瀬兵衛は、首の名がわからぬまま首実検が終わってしまうという一抹の不安を抱いていたが、一方で、兜の内に書かれた道誉という名から、必ず首の名を手繰れるという確信も持っていた。

瀬兵衛のたたずむ場所から陣幕内は見えなかったが、遅れていた氏政一行も、ようやく着座したらしく、首実検を始める声が聞こえてきた。

陣幕内は水を打ったように静まり、検使役人の読み上げる首注文の名が、高らかに響き渡った。

瀬兵衛は、己の名が呼ばれるのを陣幕の外で待った。

首を獲った者たちは、自分の番になるまで、濁酒などを振る舞われながら陣幕の外で待たされる。

日はとっぷりと暮れていたが、おびただしい数の大篝火が焚かれ、本曲輪は昼のように明るかった。

何とはなしに篝火を見ていると、榾（ほた）がはじけ、その火花を羽に見舞われた蛾が、炎の塊となって瀬兵衛の足元に落ちてきた。
 ──哀れなものだな。
 死の危険と隣り合わせでも、篝火に近づかねばならない習性を持つ蛾が、瀬兵衛には哀れだった。
 ──われらとて、何ら変わらぬが。
 欠けた茶碗に濁酒を入れてもらった瀬兵衛は、仲間たちが談笑する輪に加わった。
「そいつは、たいへんなことになったな」
 濁酒を一気に飲み干し、人心地が付いた瀬兵衛の耳に、傍輩の言葉が飛び込んできた。
「それほどの戦であったのか」
「うむ、聞くところによると、国増丸様でさえ槍を取るという修羅場（しゅらば）であったらしい」
「その後、国増丸様の行方は杳（よう）として知れぬというのだな」

「ああ、前後左右の敵を打ち払い、何とかその場からは脱したらしいが、馬廻ともはぐれたらしい」
「しかし岩付の衆は、三々五々、戻ってきているというではないか。国増丸様は、夜まで待って戻ろうとしておるのではないか」
「おそらくな」
 瀬兵衛は、陣内が混乱している理由を知った。
 岩付衆を率いる国増丸こと太田源五郎が、いまだ戻っていないらしいのだ。
「田野倉瀬兵衛」
 ようやく瀬兵衛の名が呼ばれた。
 ──うまくすれば、背旗衆になれるやも知れぬ。
 背旗衆とは百貫取りの馬上侍のことである。
 すでに瀬兵衛は、輝かしい己の将来に思いを馳せていた。
 脚付きの折敷の上に載せた首を小者に託した瀬兵衛は、堂々とした態度で首実検の場に向かった。

四

「田野倉瀬兵衛、武者首一つと徒士首一つ！」
検使役人が首注文を読み上げた。
瀬兵衛は、作法通り、まず首の右横顔を氏政らに見せた。
それが済むと、大将役の長尾顕長が進み出て、左手に弓を持ち、右手に扇をかざし、勝鬨(かちどき)を三度上げた。
「えいえい！」
「おう！」
武者たる者すべてに、喜びが迫る瞬間である。
続いて、軍配者が首の吉凶を占った。
「双方とも仏眼(ほとけめ)ゆえ吉！」
「大殿、この瀬兵衛は、わが股肱の臣の中でも勇猛さ比類なき者にございます。

合戦に後れを取ったことなく、戦場では常に先頭を駆けます」
氏政の傍らに侍った顕長が、媚びるように言葉を並べたが、氏政は上の空のような顔をしている。
顕長の大言壮語癖を思い出した瀬兵衛は、内心、苦笑したが、むろん悪い気はしなかった。
「ところで瀬兵衛、いかにしてこの二名を討ち取ったのだ」
誇らしげに顕長が問うてきた。
「はっ、実は——」
瀬兵衛は、戻る途中、ずっと考えてきた話をした。
それは、二名の敵と同時に渡り合い、見事、二名とも仕留めたという勇壮この上ないものだった。よもや、水場で死んでいた敵将の首を獲ったとは思わぬ重臣たちは、瀬兵衛の話を信じ、感嘆のため息を漏らした。
「瀬兵衛、天晴れな働きであった！」
顕長の声が城内に轟いた。
「それで、その首は誰のものか」

これまで黙っていた氏政が、この時になって初めて口を開いた。

「不明とのこと」

傍らに控えていた軍監はそう答えると、縄掛けされ、荒蓆(あらむしろ)の上に座らされている敵の生虜(せいりょ)に顔を向けた。

その意を察した小者の一人が、如才(じょさい)なく立ち上がり、足軽頭らしき生虜の背縄を取った。

小者に背縄を引かれ、立ち上がらされた生虜が、首の前まで引き出されてきた。生虜は小者に膝裏を蹴られ、無理に跪(ひざまず)かされた。

不服そうな顔をしながらも、生虜はじっと首を見つめた。

「このような者は存ぜぬ」

生虜が轡(まげ)の外れた頭を横に振った。

「偽(いつわ)りを申すな!」

焦れたように立ち上がった頸長は、小者から手燭を奪うと、首に近づけた。

「そんなわけがあるまい。この首は、おぬしの傍輩に違いなかろう」

「知らぬものは知らぬ」

敵愾心をあらわにした生虜を、顕長が蹴倒した。
「大殿、明日までに、この首の名を突き止めまする」
「うむ」
氏政がうなずいた時だった。
「お待ち下され。この将の兜には——」
ここぞとばかりに、瀬兵衛が口を開いた。
首実検の場で、首の名がわかるか否かは、首を獲った者にとっては大問題であった。それで恩賞の多寡が決まるからである。恩賞とは味方を鼓舞するためにあり、その場の雰囲気で何倍にもなる。後で敵の大将だとわかっても、首実検の場でわかった時ほどの恩賞にありつけないのが常であった。
それゆえ瀬兵衛は、何としても、この場で獲った首の名を知りたかった。
「その兜の頭裏には、確か道誉と記してありました」
「何と！」
氏政が身を乗り出した。
陣内が騒然となった。

何事か囁き合っている者や、慌てて立ち上がり、陣幕の外に走り去る者さえいる。

皆の慌てふためく様を横目で見つつ、瀬兵衛は得意満面として言った。

「お静まり下され。むろん太田三楽斎様でないことは、それがしも承知の上。かのお方はすでに年老いておりますゆえ、この首は、おそらくその縁者のものかと——」

瀬兵衛が最後まで言い終わらぬうちに、氏政が首の方にふらふらと近寄ってきた。

——まさか。

瀬兵衛の面に浮かんだ笑いが、そのまま凍りついた。

それを押し止めようとする左右の手を振り払った氏政は、首の前に跪いた。

「ああ……」と嗚咽を漏らしつつ、氏政はその首をかき抱いた。

「源五郎……」

瀬兵衛の背筋に悪寒が走った。

その瞬間、瀬兵衛は、すべてが終わったことを覚った。

太田源五郎とは、太田氏資が上総国三船台で討死にした後、岩付太田家に養子入りした氏政の三男のことである。

その息子たちの中でも、氏政はとくに源五郎をかわいがった。かつて、越後上杉家に養子入りが決まった源五郎を、父氏康に頼み入り、手許に残してきたほどである。

源五郎は勇猛果敢な若武者に成長し、今年三月の甲州征伐において、駿河戦線を受け持ち、周囲を瞠目させる活躍を示したばかりであった。

しかし、これからという時、その命運は尽きた。

太田源五郎、享年十九歳——。

甲州征伐で戦場を駆け回っていたのは、わずか四月ほど前のことだった。明珍作の兜は、三楽斎道誉から嫡男氏資に譲られたものを、氏資の死により、源五郎が受け継いだものであった。

内外には源五郎病死と発表され、その死の真相は闇に葬られた。まさか氏政の息子が、味方に討ち取られたと公表するわけにはいかなかったからである。

この源五郎の死を境に、天正壬午の乱は呆気ない幕切れを迎えた。北条家の士気は著しく低下し、甲斐黒駒や同郡内で徳川勢の前に敗退を続け、圧倒的に不利な条件下で、和睦を締結することになる。
これ以後、氏政自身もそれまでの覇気を失い、北条家は衰運に向かってひた走った。

要らぬ首

一

永禄八年三月、簗田晴助・持助父子を、その本拠・関宿城に追い込んだ北条氏康は、翌朝早暁を期して惣懸りと決め、前夜、配下の者たちに戦支度を命じた。
氏康馬廻衆の植草新三郎は、勇躍して陣所に戻ると、従者の源助に告げた。
「源助、喜べ、また功名を挙げる機会が訪うたぞ」
槍の穂先を研ぎ上げることを源助に命じた新三郎は、頭から蓆をかぶって横になった。
源助が穂先を研いで戻ると、すでに新三郎の寝息が聞こえていた。そして、それが鼾に変わるまで、さしたる時を要さなかった。
——旦那様の肝は誰よりも太い。

若いながらも豪胆な主に、今更ながら源助は感心した。

植草新三郎は、「北条家一の太肝」と呼ばれるほど、勇猛な武者だった。戦となれば真っ先に敵陣に駆け込み、呆気にとられる敵を次々と薙ぎ倒すその戦いぶりは、味方だけでなく敵をも唸らせるものだった。

もちろん年寄りの中には、「ああした者は、いつか討たれる」と、その将来を危ぶむ者もいたが、幾度、合戦に出ても、なぜか新三郎は、かすり傷一つ負わないのだ。

戦場から涼しい顔をして戻る新三郎を、傍輩たちは驚きと羨望の目で迎えたが、そんな時、新三郎は「摩利支天の御加護ある限り、わしは討たれん」と、うそぶくのが常だった。

新三郎の摩利支天に対する信仰は、なみなみならぬものがあった。唐木で作った厨子を戦場まで携行し、朝夕の祈禱を欠かさず、摩利支天の図柄が描かれた御札を何枚も襟元に縫い込み、兜の頭裏にも貼り付けているほどだった。

新三郎の武名は小田原のみならず関東一円にまで鳴り響き、若武者たちの憧れ

の的となっていた。むろん、武辺者好みの主・北条氏康は、新三郎を大いに気に入り、加増の上、自らの馬廻衆に加えた。
　従者の源助は、新三郎の初陣の頃から常にその傍らを走ってきた。歳も離れ、身分も違っていたが、二人は妙にうまが合った。
　源助は新三郎の信仰のよき理解者でもあり、その迷信や験をかついだ突飛な要求にも、常に応えてきた。
　新三郎が戦場で吉凶の方位を問えば、源助は「甲、乙の日は、巳（南南東）が吉、未（南南西）が不吉」などと、即答するまでになっていた。
「まるで陰陽師だな」と、源助は自嘲したものだった。

　明日の出撃に備え、北条家の陣所は慌ただしい空気に包まれていた。そうした喧騒をよそに、新三郎は依然、大鼾をかいていた。
　──この分なら、明日も手柄を立てなさるに違いない。
　研ぎ終わった穂先の光沢を確かめた源助は、灯明皿の火を吹き消し、蓆を新三郎の襟元まで引き上げてやった。

乳白色の朝霧が足元に漂い始める頃、わらび、ぜんまい、あけびなど、朝餉に使うための山菜を盛った笊を手にした源助は、新三郎の陣所に駆けつけた。いつもは源助に起こされる新三郎が、その日ばかりは珍しく起きていた。
「今朝は、いつになくお早いようで」
「ああ、夢に起こされた」
「いかな夢で」
「摩利支天が現れ、今日の日没までに獲る首は三つまでにせよ、と申すのだ」
手早く朝餉の支度をしながら、源助が問うた。
「ははあ」
「首を四つ獲れば、よくないことが起こるという」
「五つではいかがでしょう」
「首を五つ獲るのは容易でない。やはり、今日は三つとしておく」
新三郎は大きく伸びをすると、出陣の支度を始めた。
「それは、よきご思案かも知れませぬな」

鎧の着付けを手伝いつつ、源助は上の空で答えた。
武具の支度を調え、食膳を運んだ源助は、急ぎ足で厩に向かった。
源助が戸口から振り向くと、新三郎は立ったまま、源助の作った菜飯をうまそうにかき込んでいた。

　　　　二

　関宿城下になだれ込んだ北条方先手衆は、すでに無人となった根小屋（城下町）に火を放った。これにより、城下の諸所に身を隠していた簗田勢が飛び出してきた。黒煙が渦巻く中、双方入り乱れての白兵戦が始まった。
　その知らせを聞いた北条氏康とその馬廻衆は、利根川沿いの堰堤を進み、城と根小屋を望む台地に陣を布こうとした。
　その時であった。
　河原の葦の間から、伏兵が湧き出てきた。
　味方の隊列は長く伸びており、後方の部隊は容易に駆けつけられない。馬廻衆

は必死に防戦したが、ここを先途と肉薄する敵兵にたじたじとなり、遂に氏康の身も危うくなった。

氏康の近習と小姓が人楯となり、撤退しようとしたその時、関宿城の大手門が開き、敵勢が押し寄せてきた。

先頭を駆けるのは敵の総大将・簗田持助である。

「氏康、覚悟！」

迎え撃つ北条方将兵を長槍で薙ぎ払いつつ、瞬く間に持助が近づいてきた。その背後には、これほどいたのかと思われるほどの敵兵が付き従っている。すでに、その場にいる主立つ者は、打ち掛かってきた敵と戦っている。氏康の周囲は数人の小姓を残すばかりとなった。

「槍を」

落ち着いた声音で小姓を促した氏康は、長烏帽子を兜に替えると、槍をゆっくりとしごいた。

「殿、この場はお任せを！」

その時、物見に出ていたはずの新三郎と源助が戻ってきた。

「新三郎、よくぞ戻った」
「殿の御身に、よからぬことが起こるような胸騒ぎがいたしましたゆえ、途中から引き返してまいりました」
「さすがだ」
氏康は苦笑した。
その余裕のある態度に、周囲は落ち着きを取り戻した。
「新三郎、あれが見えるか」
「あれは簗田持助殿」
「そのようだ」
「殿はかの首をご所望か」
氏康がうなずくのを見た新三郎は、踵(きびす)を返すと、槍を脇下に挟(はさ)み、馬にまたがった。
「行くぞ!」
源助を促すと、新三郎は堰堤を駆け来る敵勢のただ中に、単騎で突進していった。

——これはかなわん。

飛来する矢の雨を右に左によけつつ、源助は新三郎の傍らを懸命に走った。しかし馬を駆る新三郎は、矢など意にも介さず、何ごとか喚(わめ)きながら敵に打ち掛かっていった。

敵の矢は新三郎に集中されたが、どれも新三郎を避けるように落ち、なぜか一矢(し)も当たらない。

「若造、そこをどけ!」

十文字槍を頭上で振り回しつつ、持助が突進してきた。

「どくか!」

馬を止めた新三郎が、持助の眼前に立ちはだかった。

持助は悪鬼のごとき形相(ぎょうそう)で、十文字槍を突き入れてきた。

「旦那様、危ない!」

源助がもうだめだと思った瞬間、新三郎はひらりと身をかわし、持助の槍の柄(え)を摑(つか)み取った。

まさに間一髪の神業である。

槍の柄を摑まれ、勢い余った持助は落馬した。しかし幸いにも、堰堤から下の河原まで転がり落ちたので、新三郎に仕留められることはなかった。

「しまった」

新三郎が舌打ちした。

下の河原で配下に助け起こされている持助の姿が見える。

「源助、馬を頼んだぞ」

新三郎の意図を察した源助は慌てふためいた。

「いけませぬ!」

周囲は敵だらけであり、堰堤を下りては取り囲まれて膾にされるだけである。咄嗟にそう思った源助は、新三郎の下馬を許さず、馬の手綱を取り、味方のいる方角に向けると、その尻を強く叩いた。

「源助、よせ!」

棹立ちになった馬は白目を剝いていななくと、味方に向かって駆け去った。

　　　　三

　新三郎の活躍により、陣形を立て直すことのできた北条方は、敵の奇襲を防ぎきり、その勢いで逆に城際まで攻め寄せ、凄まじい攻城戦を展開した。

　新三郎は城の周囲を縦横無尽に駆けめぐり、午後の戦いだけで首二つを挙げた。

　しかし、簗田勢の必死の抵抗の前に、その日のうちに城を落とすことは叶わず、申の下刻（午後五時頃）、北条方の引き太鼓が叩かれた。

　新三郎は氏康馬廻衆の最後尾を受け持ち、撤退に移した。

　満開の桜の下、新三郎主従は、なだらかな山に囲まれた田園地帯を進んでいた。

「殿は、たいそう旦那様を頼りになさっておいででしたな」

「ああ、殿は勇ある者を好む」

「旦那様の勇はどこから湧き出るのでしょう。この源助、不思議でなりませぬ」

「わしは摩利支天を信じておるゆえ、かすり傷一つ負わぬことになっておる。それは幾度も申したろう」
 割りきれない気持ちを抱きつつも、源助はうなずいた。
「それゆえ、あの時、源助が馬の尻を叩かなかったら、わしは簗田殿を討ち取っていたはずだ」
「それは、お詫びの申し上げようもありませぬ」
 源助はため息をついた。
 あの時、周囲は敵兵ばかりで、討ち取られるのは、間違いなく新三郎の方だった。少なくとも源助の経験からすれば、あれは当然の措置であった。
 しかし源助は詫びた。新三郎の言葉は確信に満ちており、源助を素直に詫びさせてしまう何かがあったからである。
「源助、気にするな。首は簗田殿に預けてきた。次の機会にいただく」
 新三郎は屈託のない笑い声をあげた。
 そうした大言壮語も、新三郎の口から出た瞬間、源助にはすべて真実に聞こえた。

「それにしても、摩利支天に首を三つまで許されたにもかかわらず、二つとは寂しい限りだ」

持助から分捕った十文字槍の穂先には、白布に包まれた二つの首が、ぶらぶらと揺れていた。

「殿の危急を救った上、首を二つ獲れれば、十分ではありませぬか」

「それもそうだな」

二人が笑ったその時、後方から騎乗の武者が追いついてきた。

「これは御奉行様」

薄暮の中、現れた騎馬武者は軍監であった。

「おう新三郎、此度も功を挙げたな」

「なあに、摩利支天のお陰でござるよ」

「いずれにしても、たいしたものだ」

と言いつつ、軍監が感心したように新三郎を見つめた。その眼差しには、畏敬の念が込められていた。

「御奉行様は、これからどちらに」

新三郎が照れくさそうに話題を変えた。
「殿軍の連中と共に最後尾を進んでいたが、殿からお呼びがかかった。それで、殿に追いつくべく道を急いでおる次第だ」
「それを届けるのでござるか」
新三郎の視線が、鞍の四緒手にぶら下がった十羽ばかりの雉に吸い寄せられた。
「これはついでだ。殿軍の連中が無聊を持て余し、矢比べをしておる。これがその収穫だ。殿に献じてくれると申し、わしに押し付けてきおった」
「今宵は雉鍋にありつけそうですな」
「そのようだな」
軍監が「これにて御免」と言って去るとすぐに、二人のはるか頭上を、一本の矢が越えていった。矢は右手の叢林の中に落ち、木々をざわつかせた。
「流れ矢ですな」
「物騒なことだ」
二人は首をすくめて笑った。

気づくと、先ほどまで前方に見えていた傍輩の後ろ姿が見えなくなっていた。
「源助、わしらも少し急ぐか」
新三郎が声をかけた時であった。
道脇の水車小屋の陰から、何者かが飛び出してきた。
「何奴！」
新三郎との話に熱中し、味方と離れ過ぎたことを源助は悔やんだ。後方を進んでいるはずの殿軍とも、かなり距離がある。
たちまち人影は四つになった。
「旦那様、いかがいたしますか」
源助が不安そうに新三郎を見上げた。
すでに日は山の端に隠れるばかりとなり、陰となった新三郎の表情を窺い知ることはできないが、その泰然とした態度を見れば、臆していないことだけは確かだった。
「簗田様の命により、槍を取り返しにきた」
敵の一人が待ち伏せの目的を述べた。

その銅鐘のように響く冷たく落ち着いた声音は、相当の使い手であることを示している。
　一方、新三郎は押し黙ったままである。
「わが殿は貴殿の勇を称え、おとなしく槍を返せば、われらに手出しするなと申された。そして、いま一度、貴殿と槍を合わせたいとのことだ」
　敵の言葉が終わらぬうちに、新三郎が馬を飛び下りた。
「わが運、いまだ尽きず！」
　槍の穂先に付けていた首を外した新三郎は、十文字の穂先を締め直すと、ゆっくりと槍を構えた。
「旦那様──」
「源助、馬を引いて下がっておれ」
　その強い口調に圧倒された源助は、説得を諦め、黙って後方に下がった。
「どうやら槍を返すつもりはないようだな」
「申すまでもなきこと」
「やむをえぬ」

敵は目配せすると散開した。

それぞれの小者らしき徒士(かち)が、武士二人を守るように、両端に散った。

敵は、新三郎の視界の外から攻撃を仕掛けるつもりのようだった。

先ほどまで街道に差していた日は、いよいよ山の端に隠れ、男たちの足元には、夜の帳(とばり)が下りはじめていた。

新三郎にとり、極めて不利な状況であったが、当の本人は全く意に介していないかのごとく、平然と槍を構えていた。

「せや！」

白刃(はくじん)を振りかざした左端の敵が跳ぶと同時に、右端の敵も突きを入れてきた。

左手に持ち替えた十文字槍の穂先に敵の太刀を引っ掛けた新三郎は、一方の手で抜いた太刀で、敵の白刃を受け止めた。

新三郎は、徒士二人の左右同時攻撃を見事に防いだ。

しかし、それが敵の狙いだった。

眼前の武士二人が容赦なく槍をつけてきた。

——もうだめだ。

源助が目をつぶろうとした瞬間だった。

新三郎が遠心力を使い、手にした十文字槍を横なぐりに払うと、左手の徒士の体は横に流れ、武士二人に体当たりする格好となった。

「あっ！」

「おいっ」

三人の体が交錯している間、すかさず槍を引いた新三郎は、右手の敵めがけて、その槍を突き入れた。

「ひえっ！」

腕を傷つけられたらしく、徒士は飛び下がったが、新三郎も十文字槍と太刀を放してしまった。

「旦那様！」

すかさず走り寄った源助の手から、新三郎は己の槍を受け取った。

その時、体勢を立て直した武士二人が前後になって突きを入れてきた。

「覚悟！」

ひらりと身を翻し、連続する敵の突きをかいくぐった新三郎は、間髪入れず

身を沈め、己の槍を突き入れた。
　勝負は一瞬にしてついた。
　二人の武将は前後に田楽刺しとなり、道脇の水車小屋の壁に突き刺さった。それを見た徒士二人は、「ひっ！」と叫ぶなり、闇の中に溶け込むように消えていった。
「お、お見事！」
　源助が感嘆の声を上げたが、しかし新三郎は、暗がりの中、茫然と立ち尽くしている。
「いつもながら、天晴れな槍さばき！」
　敵の死を確かめた源助は、ようやく新三郎の異変に気づいた。
「旦那様、いかがいたしましたか。敵を二人も仕留めたではありませぬか」
　立ったまま息絶えている敵の傍らに、ふらふらと近づいた新三郎は、一人の肩に手を掛けると、震える声で言った。
「まだ、死んでおらぬよな、生きておろう」
　その取り乱した様子は、先ほどまでの勇猛さとは、あまりにかけ離れていた。

「旦那様——」
「駄目だ。二人とも事切れておる」
 新三郎は絶望したように路傍に腰を下ろした。
「いったい、どうなされたのです」
 さっぱり状況がのみ込めない源助に、新三郎がかすれた声で告げた。
「わしは敵を四人、討ち取ってしまった」
 主の落胆の理由に、源助はようやく気づいた。
「そういえば、確かに四人——」
「これは、不吉なことが起こる」
 新三郎は苛立ちを隠そうとせず、幾度も鬢をかき上げた。
 その時、源助は、はたと気づいた。
「旦那様、気にすることはありませぬ。摩利支天は、首を四つ獲るなと申されたのでございましょう」
「ああ」
「四人まで討ち取っても、首さえ獲らねば差し支えありませぬ」

「何だと」

うなだれていた新三郎が顔を上げた。

「敵を殺しても、首を獲らねばいいだけの話でございます」

「そうか!」

新三郎の顔に、みるみる生気がよみがえった。

「それにしても、この二人は名ある武将に違いありませぬ。どちらの首を獲り、どちらの首を残していくか、迷うところですな」

路傍に転がした二つの遺骸を、源助が残念そうに見比べていた。

「どちらでもよいわ」

今様を口ずさみながら、新三郎が鐙(あぶみ)に足をかけた。

しばし考えた末、源助は片方の武将の首を落とした。

「これで摩利支天のお告げを守り、今日は三つの首を獲った」

新三郎は晴れ晴れとした顔で、愛馬にまたがった。

「源助、何をしておる。行くぞ」

「へい、ちょっと、お待ちを」

暗がりの中、屍の傍らに屈み、手早く作業を済ませた源助は、新三郎の許に駆け寄り、馬の手綱を取った。

主従が、いつものように駆け出そうとした時である。

どこからか飛んできた矢が、新三郎の首筋を貫いた。

「うっ！」

たまらず新三郎が落馬した。

源助は慌てて周囲を探ったが、敵の気配はなかった。もしかすると、後方を行く殿軍の誰かが放った流れ矢かもしれなかった。

「旦那様！」

周囲の安全を確かめた後、源助が新三郎に駆け寄った。

「馬鹿な、首は三つのはず……」

「ああ、旦那様」

矢は首筋を貫いており、すでに手遅れだった。

夜目にもわかるほどの真紅の血が、矢柄を伝い、どくどくと流れ出ている。

新三郎は「そんなはずがない」と呟きつつ、血反吐を吐いた。

——これまで幾度も死地に赴きながら、かすり傷一つ負わなかった新三郎様が、万に一つも当たるはずのない流れ矢に急所を射貫かれるとは。

源助は運命の皮肉を嘆じた。

「わしの獲った首は三つのはず」

源助の腕にすがりながら、気丈にも新三郎は上体を起こした。

眼前には、確かに三つの首が転がっている。

「旦那様、首は首は確かに三つにござります」

源助は嗚咽を堪え、三つの首を並べてやった。

「摩利支天め、偽りを申しおって」

新三郎の面が怒りに歪んだ。

その時、新三郎の視線が源助の手元に吸い寄せられた。

「源助、それは何だ」

「これは、もうおひと方の 髻 にござります」

「そういうことか」と言いつつ、新三郎は苦笑いを浮かべた。

「これは首ではありませぬ。髻にすぎませぬ。後から来る連中に、この首を拾わ

れるのも癪なので、切り落としておいたまでにございます」

源助は泣きながら訴えた。

常の場合、髻の落とされた首は「拾い首」とされ、恩賞は下されない。首を落とす余裕のない激戦となった場合、髻だけ落としておき、後でその首を拾いに行く習慣があったからである。

「源助、髻は首と同じだ。わしは首を四つ獲ってしまったのだ」

そう言うと、新三郎はがっくりと頭を垂れた。

「旦那様！」

源助は懸命に呼びかけたが、すでに新三郎は骸となっていた。

日は西の山陰にすっかり隠れ、周囲に夜の帳が下り始めていた。その暗がりの中を、源助の嗚咽だけが、いつまでも漂っていた。

雑兵首

一

朝方降り出した雨は昼前に上がり、雲間からは、眩しい日が差してきていた。
風もすっかりなくなり、周囲は清々しい冷気に満ちている。
それを切り裂くかのように、地には、馬のいななきと人の喊声が轟いていた。
永禄四年九月、北条氏照率いる滝山衆の猛攻により、三田弾正少弼綱定の辛垣城が落ちた。
北条勢は辛垣城の南東の尾根伝いにある出城の枡形山城を落とし、その余勢を駆って、尾根と山麓の二方面から攻撃を仕掛けたのだ。
これでは、さしもの山間の要害とて、ひとたまりもなかった。
生き残った三田勢の多くは、西北の尾根続きにある雷電山目指して落ちていっ

山下甚五左衛門は傍輩と共に尾根伝いに敵を追ったが、その逃げ足は速く、なかなか敵には出遭えなかった。
　もうだめかと思った頃、尾道が二つに分かれているところに出た。
　少し迷った末、甚五左衛門は下っている尾根道を選んだ。
　その道は、どう見ても里に通じているように思われたが、甚五左衛門は構わず突き進んだ。里には、味方の後続部隊が満ちているはずで、負傷して山道を行けなくなった者以外、そちらに逃げる敵などいるはずもなかったが、虫の知らせのようなものが、甚五左衛門をそちらに向かわせた。
　むろん一緒に来た者たちは、迷うことなく山頂に向かう道を駆け上がっていった。山頂に出れば、尾根続きの別の山に逃げ(のが)れた敵を捕捉できる可能性が高いからである。
　甚五左衛門だけが里への道を選んだ。何とはなしに感じられる人の通った気配が、甚五左衛門の足を急がせた。
　「戦場(いくさば)では、直感が何ものにも勝る」と、独りごちながら、甚五左衛門は猟犬の

ように道を駆け下った。
　木漏れ日の中をしば␣く行くと、朽ちかけた祠があった。そこに人気を感じた甚五左衛門は、そっと祠に近づき、中の様子を窺った。
　破れ障子の隙間から垣間見える祠堂の中には、三つの影が動き回っていた。その中心には、座して動かぬ一つの影があった。
　——二人、三人、いや四人か。
　——雑兵のようだな。
　甚五左衛門は迷った。
　——危険を冒してまで獲るべき首か否か。
　いかに敵が雑兵とはいえ、こちらが一人と知れば、手向かってくるはずである。そうなれば相応の覚悟が要る。しかも、里に下る道を選ぶ物好きは、甚五左衛門のほかにいるはずもなく、後続の助太刀は期待できない。
　——四対一、ないしは三対一か。
　しばし考えた末、甚五左衛門は背に掛けてきた弓と矢を取り、数歩後退すると、堂の裏手に向かって射た。

矢は裏手の竹林に落ち、樹叢を激しくざわつかせた。堂の中に緊張が走り、人声がやんだ。
しばらくして、裏の戸を開ける音がすると、忍び足で笹の葉を踏む音が聞こえてきた。

――頃合よし。

隠れていた藪から飛び出した甚五左衛門は、祠堂に至る石段を駆け上がると、思い切りよく観音扉を蹴破った。
中にいる男たちは啞然（あぜん）としてこちらを見ていた。皆、体を裏手に向けており、表から敵が踏み入ってくるとは、考えてもいなかったようである。

――しめた。

視線の端で、隅にまとめて立てかけられている槍を確かめた甚五左衛門は、迷わず踏み込んだ。
すべては一瞬のうちに決した。
茫然（ぼうぜん）とする最初の一人を突き殺した甚五左衛門は、素早く槍を引き抜くと、二人目の顔の辺りを横殴りに払った。

鮮血が迸った。

それでも二人目は太刀を抜き、手負いの一人を庇うように立ちはだかった。

その時、裏手に物見に出ていた一人が、戻ってくる気配がした。

——敵が増えてはまずい。

多少の危険を承知の上で、甚五左衛門は勝負を急いだ。

敵の太刀風が鬢を撫でたが、間一髪でそれをよけ、半身になった敵の脾腹深くに槍を突き刺した。

二人目も白目を剝いて斃れた。

「待ってくれ」

三人目は足を負傷しているらしく、いざりながら後退したが、甚五左衛門は容赦なく槍を構えた。

「覚悟！」

甚五左衛門が槍を突き入れた時、四人目が躍り込み、自らの体で甚五左衛門の槍を受け止めた。

腹に槍を刺したまま、敵は甚五左衛門に覆いかぶさってきた。しかし甚五左衛

門も、膂力では余人に劣らない。逆に敵を藁混じりの粗壁に押し付け、素早く脇差を抜くと、首筋に切りつけた。
頸動脈を断ち切られた敵は、断末魔の呻き声を発し、立ったまま事切れた。
これを見た残る一人は、すべてを諦めたらしく、誦経を始めた。
「雑兵のくせに覚悟ができている」と、妙に感心しつつ、甚五左衛門は、ゆっくりとその男の背後に回り、太刀を一閃させた。

二

首二つを腰に提げ、残り二つを槍の穂先に括り付けた甚五左衛門は、意気揚々と山を下っていった。
相手が雑兵とはいえ、さすがの甚五左衛門も、一人で四人もの敵を斃したことはなかった。
幸いにも、敵が狭い堂内に寄り集まっていてくれたからこそその功名であり、敵に感謝したいくらいだった。

そうした僥倖を素直に喜ぶべきであったが、なぜ雑兵たちが、たった一人の負傷者を庇い、堂内に寄り集まっていたのかまでは、どうしてもわからなかった。
――首を四つも獲ったのだ。まあいいではないか。
甚五左衛門は疑問を無理やり胸にしまうと、槍の穂先を幾度も見上げつつ、胸を張って坂を下った。
いよいよ里に近づいた時、傍輩の税所主水助が、ぽつんと切り株に腰を下ろしているのが目に入った。
「主水助ではないか」
「これは、甚五左衛門殿」
主水助が青白い顔で会釈した。
「こんなところで、何をしている」
「いや実は――」
主水助によると、日がな一日、懸命に敵を探したが、敵の姿を見ることさえ叶わず、疲れ切り、動けなくなっていたという。
「よくあることだ。元気を出せ」

「それより甚五左衛門殿は、首を四つもお獲りになったのでございますか」

甚五左衛門の槍の穂先を、主水助が羨ましげに見上げた。

「どれも雑兵首だが、何も獲れぬよりはましであった」

甚五左衛門の言葉が終わらぬうちに、主水助が跳び下がって平伏した。

「お願いでございます。その首を一つ、譲って下され」

「何だと」

北条家中では、首の譲渡、売買は固く禁じられていた。その禁を犯した者は、功名どころか重い罰が下される。

「此度の合戦で、悪くとも首一つ獲らねば家督を次弟に譲ると、それがしは父から強く申しつけられておりました。しかし、すでに敵は逃げ散り、もう首を獲ることは叶いませぬ。手ぶらで帰るわけにもまいらず、どうしようかと思いあぐねていたところでございます」

「いや、そう申されても——」

「このままでは、それがしは廃嫡され、どこぞの家の養子に出されるか、坊主になるしかありませぬ」

地侍社会では、長子相続が必ずしも慣習化されておらず、親は、自らの気に入った息子を後継に指名することができた。

「待たれよ」

あまりに突然のことに、さすがの甚五左衛門も戸惑ったが、そんなことを意にも介さず、主水助は地に額を擦り付けた。

「残る生涯を屈辱の中で過ごすなど、それがしには耐えられませぬ。もし首をいただけなければ、この場であい果てますゆえ、介錯だけでも、お願いいたします」

洟をすすり上げつつ、主水助が切腹の支度にかかった。

心中、「やれやれ」と思いつつも、税所家の事情にも通じている甚五左衛門は、同情を禁じ得なかった。

平素より主水助の父は武辺者を好み、勇猛だけが取り柄の次男を可愛がっていた。その分、主水助に対する風当たりは強く、何かというと怒鳴られていたことを、甚五左衛門は覚えていた。

主水助が本気で腹を切るつもりのないことを知っている甚五左衛門は、その場

に腰を下ろし、のんびりと竹筒の水を飲んだ。
「そういえば、今年二月の比企表(ひきもて)の合戦で、貴殿の弟は首を二つも挙げたそうではないか」
「はい」
主水助の弟は、武州松山城(まつやま)攻防戦で敵陣に斬り込み、武将首を二つも獲っていた。
「それに引き換え、おぬしは二十歳(はたち)をとうに過ぎておるのに、いまだ雑兵首一つ挙げられぬか」
「はい、奥州様(おうしゅう)直々に脇差まで賜(たま)わりました」
奥州様とは、彼らの主の北条陸奥守氏照のことである。
「それは真(まこと)に情けなき次第」
誰憚(はばか)ることなく主水助は泣き出した。
「困った」と思いつつも、甚五左衛門は四つの首を見比べた。
——どれも雑兵首だ。三つだろうが四つだろうが、たいして変わらぬ。
そうは思うものの、故郷(くに)へ帰れば、甚五左衛門は半士半農の郷士(ごうし)にすぎず、子が六人もいる。首一つ分の恩賞は大きかった。

——いずれにしても此度の戦は、われらに大利があった。手柄を立てた者も多いであろう。

合戦が一方的に終わると、獲得した首の数が多くなる。当然、雑兵首の価値が下がり、恩賞も減るのが常だった。

——雑兵首一つで白米二俵(ひょう)、いや一俵か。

甚五左衛門の面に浮かんだ迷いの色を読み取ったらしく、ここぞとばかりに、主水助がにじり寄ってきた。

「故郷に帰れば、わが家に金はあります。首一つ十貫文(かんもん)では、いかがでしょう」

「えっ」

税所家は、山下家よりも家格が高い上、主水助の父に蓄財癖があるため、多くの財を所有していた。しかも十貫文あれば、白米が五、六俵は買える。

「何卒(なにとぞ)、お願いいたしまする」

甚五左衛門の草鞋(わらじ)に額を擦り付けんばかりに、主水助が懇願した。

「わかったから、よせ」

脛(すね)に取り付く主水助の腕を払うと、甚五左衛門は立ち上がった。

「ああ、ありがたきお言葉」

感涙に咽びながら、主水助は幾度も礼を言った。

「礼はもうよい。ただし、帰ったら十貫文、必ず持ってまいるのだぞ」

「はっ、もちろんでございます」

四つの首の白布を解いた甚五左衛門は、それらを横一列に並べてみた。

「して、どの首を頂戴できますか」

「そうだな——」

「どれも雑兵首にすぎませぬ。どれでもいいではありませぬか」

手近の首に手を掛けようとする主水助を押さえ、甚五左衛門が言った。

「その若い首を持っていけ」

「はい」

満面に笑みを浮かべ、若い首に手を伸ばそうとする主水助の腕を、甚五左衛門が再び押さえた。若い首は獲った時の困難さを考慮され、少しだけ恩賞が多いからである。

「やはり、その皺首(しわくび)を持っていけ」

「えっ、これでございますか」
「どれでもいいと申したであろう」
「しかし——」
不服そうな主水助に、甚五左衛門が釘を刺した。
「選り好みするなら首はやらぬ」
「わかりました」
少し落胆しつつも、主水助は年老いた雑兵首を手に取った。
「よいか、確かに十貫文だぞ」
「はい、天地神明に誓って」
主水助は頰ずりでもしそうなほど、首をしっかと胸に抱えた。
夜になってから陣所に戻るよう、主水助に言いつけた甚五左衛門は、首三つを槍の穂先に括り付け、意気揚々と陣所に向かった。

——命を懸けてもこんなものか。
わずかな恩賞しかもらえなかった甚五左衛門は、陣僧にいくばくかの銭を渡し

首の供養を頼むと、首実検の場を後にした。
そこに入れ違いで主水助がやってきた。
真新しい生絹の白布に首を包んだ主水助は、甚五左衛門を見つけると、深く頭を下げた。
「今から首実検か」
「はい」
主水助の嬉しそうな顔を見ていると、甚五左衛門の気分も幾分か晴れてきた。
「弟はどうであった」
「はい、雑兵首一つ獲れなかったようです」
「そいつはよかったな」
「弟に首を見せたところ、恨めしそうな顔をしておりました」
底意地の悪い奴だと思いつつ、主水助と別れた甚五左衛門は、傍輩の集まる焚火に向かった。
しばらく歓談していると、首実検の行われている陣幕内から、軍監のものらしい声が上がった。

「この首は三田弾正少弼殿に相違ないな!」

焚火を囲む者たちの間で、「おおっ」という声が上がり、皆、ぞろぞろと首実検の場に向かった。

——敵大将を討ち取ったのは誰であろうか。

皆につられるように、甚五左衛門もそちらに足を向けようとした。

その時、軍監の声がはっきりと聞こえた。

「生虜(せいりょ)全員の証言により、この首、三田弾正少弼綱定殿と認める。討ち取ったのは——」

続く言葉を聞いた甚五左衛門は、その場から動けなくなった。

首実検が終わると、論功行賞が発表された。功第一は、言わずもがな税所主水助だった。氏照から直々に脇差を賜った主水助は、後に加増されることも伝えられた。

甚五左衛門は傍輩と共に拝跪(はいき)し、それを聞いた。

もらった首が敵大将のものとわかっても、主水助が真実を語るはずはなかっ

た。「もらい首」はもちろん、「買い得首」は厳罰である。むろん、売った側の甚五左衛門も買った側の主水助も、同様に罰を受ける。たとえ、その首が甚五左衛門の獲ったものと認められても、恩賞どころか、「譲り首」の厳罰が待っているのだ。
　——猫の額のような知行さえ取り上げられ、無足人に落とされるのがおちだ。
　しかも北条家中において、氏照率いる滝山衆の軍律の厳しさは際立っており、配下が規定の軍装を調えられなかっただけで、斬首になった足軽頭さえいる。
　甚五左衛門は唇を噛んで口惜しさを堪えた。

　　　　　三

　三田氏を滅亡に追い込んだ北条家滝山衆は、意気揚々と帰国の途に就いた。
　唯一人、落胆していた甚五左衛門であったが、故郷で待つ妻子の顔を思い出し、機嫌を直した。
　——討たれた者のことを思えば、たいしたことではない。しかも、あれだけ主

水助は喜んでおるのだ。二十貫文は出すだろう。

ところが、故郷に帰り十日ほど経っても、主水助からは何の音沙汰もなかった。

痺れを切らした甚五左衛門は、主水助の屋敷を訪うことにした。門前で何度か怒鳴り、ようやく邸内に招き入れられた甚五左衛門であったが、税所家の家人たちは主水助から、何も申しわたされていないらしく、皆、素っ気ない態度で、甚五左衛門に応対した。

「主人は祝賀客と歓談しておりますゆえ、しばし、こちらでお待ち下され」

家宰の老人に導かれ、台所と襖一つ隔てただけの水仕女部屋に通された甚五左衛門は、憤然とした。

一刻近くも待たされた末、甚五左衛門はようやく書院に招かれた。

「山下殿、参られるのなら、事前に小者でも寄越してくれねば困る」

座に着くや開口一番、主水助が苦情を述べた。

感涙に咽びながら駆け寄り、手を取って礼を述べる主水助の姿を思い浮かべていた甚五左衛門は、拍子抜けした。

「まあ、小者もおらねば致し方ないがの」

口端に下卑た笑みを浮かべつつ、主水助が呟いた。

甚五左衛門は貧しく、小者一人雇えないことを、常々、恥じていたが、まさか恩人の気にしていることを、主水助が口にするとは思いもしなかった。

「して、今日は何用でございますか」

「何——」

甚五左衛門は、わが耳を疑った。

「何用かと問うております」

「此奴、わしの用など、百も承知であろうに！」

人のいい甚五左衛門にも、ようやく事態がのみ込めてきた。

「はて、思い当たりませぬが」

主水助が、とぼけたように首をかしげた。

「おぬし、まさか——」

ようやく主水助の魂胆に気づいた甚五左衛門は、刀に手を掛けた。

「こいつは物騒な。何を勘違いなされておる」

大げさな素振りで、主水助が背後にのけぞった。

「わしとの約定、よもや忘れたとは言わさぬぞ」

「何のことやら見当もつきませぬ」

「しらを切り通すつもりなら、この場で斬って捨てる」

「何を無体な!」

甚五左衛門が白刃を抜こうとしたその瞬間、脳裏に家族の顔が浮かんだ。子供六人を抱え、食うや食わずの郷士に過ぎない甚五左衛門である。ここで主水助を斬れば、死罪は免れ得ず、一家は路頭に迷うしかない。

躊躇する甚五左衛門を見て、主水助は、ほっとしたように笑みを浮かべた。

「山下殿、戯れもほどほどになされよ」

——あくまで、とぼける つもりだな。

甚五左衛門は怒りを抑えて言った。

「約定した十貫文をいただきに参った」

「はて、約定とは何のことやら一向にわかりませぬが」

「泣いてわしに首をくれと頼んだのは、どこのどいつだ。あの時、おぬしは十貫

文、必ず払うと申したはずだ」

甚五左衛門の顔が憤怒に歪んだ。

「はて、何か夢でも見たのではございませぬか。まさか、それがしの獲った三田弾正少弼様の首を、己が獲ったものと勘違いなされておいてではありますまいな」

「何！」

主水助は薄ら笑いを浮かべながら、「やれやれ」という顔をした。

「山下殿、父は隠居し、それがしが税所家を継いだことは存じておりましょう」

主水助が家督を相続したとの噂を聞いた時、甚五左衛門は、「これで三十貫文はもらえる」と、小躍りしたものだった。

「しかも此度の功名により、それがしは加増の上、奥州様の馬廻衆に加えていただくことになりました」

それらは、すべて事実であった。

「さらに昨日、決まったばかりのことでござるが、それがしは、この辺りの郷士を束ねる組頭になりました。つまり、貴殿の寄親ということになります」

「何だと」
「もう、それがしは貴殿の傍輩ではなく寄親です。それなりの礼を尽くしていただきたい」
「此奴!」
腰を浮かしかけた甚五左衛門に、主水助が釘を刺した。
「寄親に対し、ゆえなき言い掛かりをつけるとは不届き千万。なおも申し募るならば、御奉行様に訴え出ますぞ」
甚五左衛門は、二の句が継げなかった。
「山下殿、父祖の代からの誼(よしみ)により、此度のことは不問に付す。それゆえ、早々にお引き取りいただきたい」
そう言い捨てると、主水助は薄ら笑いを浮かべて奥に消えていった。
甚五左衛門は、しばらくその場から動けなかった。
家宰の老人の咳払(せきばら)いで、ようやくわれに返った甚五左衛門は、茫然としながら税所屋敷を後にした。

四

 甚五左衛門に再び陣触れが発せられたのは、永禄七年正月のことだった。
 この頃、関東に覇権を打ち立てるべく邁進する北条家と、それを押しとどめようとする敵陣営との戦いが、関東各地で頻発していた。
 敵は、上杉輝虎(謙信)を筆頭に、佐竹義重、宇都宮広綱、太田三楽斎資正、里見義弘らで、関東平野を舞台に、双方は執拗な抗争を繰り広げていた。
 北条家滝山衆の出陣目的は、岩付城の太田三楽斎勢に呼応して、国府台城に拠った里見義弘勢を駆逐することにあった。
 太田・里見両勢は、関東越山を告げてきた上杉輝虎を恃みとして挙兵した。しかし三国峠を越え、上州厩橋城に入った輝虎から、「利根川が増水し、後詰困難」という一報が入り、里見勢は梯子を外された格好となった。
 里見勢単独では北条勢に抗すべくもない。
 正月二十一日、夜陰に紛れ、里見勢は安房国目指して落ちていった。

「敵、撤退開始」の報が入ったのは、深更を過ぎた頃であった。

国府台城の北一里余にある天神山砦に陣を布いた氏照は、里見勢追撃を小田原衆に任せ、自らは国府台城に仕寄ることにした。城には、里見義弘らを逃すため殿軍を買って出た正木平七信茂と、その手勢がいる。

日の出と共に、小田野源太左衛門尉、神田與兵衛、小針小次郎、菅沼六兵衛ら滝山衆先手部隊が、次々と城に取り付くのを眺めていた甚五左衛門は、そろそろ出番が回ってくると察し、出撃の支度を始めた。

その時、慌ただしく立ち働く兵をかき分け、税所主水助が近づいてきた。

「こんな時に何用か」

殺気立った甚五左衛門の様子にたじろぎつつも、主水助は、その口辺に卑屈な笑みを浮かべた。

「いや、用というほどのことでもないが──」

「出陣の邪魔ゆえ、そこをどいて下され」

主水助を押しのけ、兜を手にした甚五左衛門に、主水助がおずおずと語りかけ

その声は、かつてのように弱々しいものだった。
「奥州様から、われら馬廻に命があった」
「奥州様から」
氏照の名が出たので、甚五左衛門も無視するわけにはいかなかった。
「味方は苦戦しておる。奥州様はお怒りだ。われら馬廻も、間もなく仕寄らねばならぬ」
「それで」と先を促しつつ、甚五左衛門は兜をかぶった。
「われら馬廻に、少なくとも首一つを獲るまで帰ってくるなと、奥州様がご命じになられたのだ」
「ほほう」と言いつつ、喜色を浮かべた甚五左衛門の耳元に、主水助が呟いた。
「わしには、到底、無理な話だ」
兜の緒を締めつつ、甚五左衛門は噴き出しそうになった。しかし、次の言葉を聞いた時、怒りを通り越して唖然とした。
「そこでだ。わしのために首一つ、獲ってきてくれぬか」

「今、何と申した」

甚五左衛門はわが耳を疑った。

「雑兵首でよいのだ。首を一つ、頼む」

主水助は、山菜でも摘んできてくれと頼むような言い方をした。その言葉は、体を張って家族を食べさせている甚五左衛門のような武士を愚弄していた。しかも敵は、死を覚悟で城に籠り、味方を逃がすために捨て石となろうとしている勇者たちである。主水助の言葉は、その名誉ある死を貶めるものだった。

「恥を知れ」

不浄なものでも見たかのように、甚五左衛門が視線をそらせた。

「なあ山下殿、ほかならぬおぬしとわしの仲だ。わしがこんなことを頼めるのは、おぬししかおらぬ」

「馬鹿にするのもほどほどにせよ」と言いかけた甚五左衛門は、口をつぐんだ。

——これは依頼ではなく脅しなのだ。

「山下殿、嫌か」

主水助の面に狡猾そうな笑みが浮かんだ。
「否とは言わさぬぞ。あの一件は貴殿にも明かせぬはず。そうとなれば、貴殿はわが寄子として、これからもずっと、わが下で働かねばならぬ。貴殿の働き場を作るも作らぬも、わしの一存次第だ」
　確かに、寄親の一存で寄子の功名の機会は失われる。主水助は甚五左衛門を使番や荷駄方に回し、飼い殺しにもできるのだ。しかも、寄親寄子関係は地縁で結ばれているので、おいそれと別の寄親の下に配置換えしてもらうこともできない。
　——功名を挙げねば、わしの一家は、ずっと食うや食わずのままだ。
　甚五左衛門は暗澹たる気分になった。
　一方、甚五左衛門の顔色を窺っていた主水助の面には、勝利者の微笑が浮かんでいた。
「貴殿とは従前同様、これからも誼を通じていきたいのだ」
　主水助が甚五左衛門の肩に手を掛けた。
　その生暖かい感触に悪寒が走ったが、甚五左衛門には、それを払いのけること

「わかった」

甚五左衛門がため息と共に言った。

「おお、それでこそ山下殿!」

いっぱしの寄親のように、主水助は甚五左衛門の肩を幾度も叩いた。

五

予想に反し、正木勢の抵抗は激しいものだった。北条家滝山衆は猛然と城に取り付いたが、次々と追い落とされた氏照は、惜しげもなく新手(あらて)を投入し続けた。

一方、正木勢は討ち取った北条方将兵の首を土塁(どるい)上に並べ、さかんに勝鬨(かちどき)を上げていた。

甚五左衛門の出撃は、未の下刻(ひつじ)(午後三時頃)を回った頃に訪れた。その頃になると、正木勢にも疲れが見え、次々と押し寄せる新手の攻撃にたじたじとなっ

ていた。

　降り注ぐ敵の矢玉の間隙を縫い、堀切を跳び越えた甚五左衛門は、城山の鞍部にある一つの曲輪の下方に取り付いた。
　敵に気取られないよう注意しつつ、甚五左衛門は逆茂木をかき分け、曲輪の側壁を攀じた。
　矢玉が尽きたらしい城方は、遂に礫を投げるまでになっていた。
　それも弱まった頃を見計らい、隠れていた逆茂木から飛び出した甚五左衛門は、虎落を引き倒し、曲輪に飛び込んだ。
　その悪鬼のような形相を見た敵勢は、たまらず逃げ出した。その一人の背に、甚五左衛門の容赦ない一撃が振り下ろされた。

　──主水助の申した待ち合わせ場所とは、この寺のことか。
　満身創痍になった甚五左衛門が、足を引きずって城下の廃寺に入った時、すでに日はとっぷりと暮れていた。
「待ったぞ」

人気のない堂の中から、灯明皿を持った主水助が現れた。

「誰にも見られなかったろうな」

「うむ」

「怪我をしたのか」

余計なお世話だと思いつつも、甚五左衛門はわずかにうなずいた。

「首は獲ったか」

甚五左衛門が黙って指し示した腰の首に、主水助の視線が吸い寄せられた。

「やはり獲ったか。たいしたものよの」

主水助が、いかにも嬉しそうに舌なめずりした。

そのあまりに卑しい様に、甚五左衛門は思わず目をそむけた。

「ところで、城内はどうであった」

主水助の問いに、甚五左衛門は目を剥いた。

——此奴は城に討ち入らず、ここにずっと隠れておったのか。

主水助の問いを無視した甚五左衛門は、腰に提げた首の髻を無造作に引き千切ろうとした。しかし、髪が絡んでうまく切れない。

「脇差を落としたのか」

「質(しち)に入れたので、持っておらぬ」

「仕方ないな」

嘲(あざけ)るような笑みを浮かべた主水助は、甚五左衛門に自らの脇差を渡した。

絡んだ髪を断ち切った甚五左衛門は、首を主水助に与えた。

「いつも済まぬな」

用意してきた白布で、その首を包んだ主水助は、甚五左衛門に一瞥(いちべつ)もくれず、その場から去っていった。

主水助の後ろ姿を複雑な思いで見送った甚五左衛門は、己の手にしている脇差に気づいた。

慌てて主水助を呼び止めようとした甚五左衛門であったが、その時、はたとひらめくものがあった。

六

「という次第で、打ち掛かってくる敵雑兵の槍をかいくぐり、それがしは敵将を追い詰めました。最後は敵将と一騎打ちに及び、見事、突き伏せました。そして脇差を抜き、敵将の首を掻き切りました」
「またしてもよき働きであった。恩賞は追って沙汰する」
「ははっ」
 氏照が満足げにうなずくと、主水助は首実検の場に布かれた荒蓆に、額を押し付けんばかりに平伏した。
 その時、氏照の傍らに侍る軍監に、何ごとかを耳打ちする者がいる。
 軍監は不審な顔をしつつ、氏照に小声でそれを伝えた。
 それを聞く氏照の顔が、みるみる曇っていった。
「ときに主水助、その首、間違いなくおぬしが獲ったものだな」
「えっ」
 主水助の背筋が雷に打たれたように強張った。
「おぬしが獲った首かと、問うておる」
「はっ、はい。間違いなくわが手で打った首にございます」

「それならよいが」と呟くと、氏照が「ここに連れてこい」と、陣幕の外に声をかけた。

主水助が振り向くと、戸板に乗せられた甚五左衛門が運び込まれてきた。

「甚五左衛門——」

何が起こっているのか、にわかにわからず、主水助は目を白黒させるばかりだった。

「主水助、ここにおる山下甚五左衛門によると、戦が終わり、おぬしに話があると誘われ、人気ない廃寺についていったところ、おぬしが急に斬り掛かってきたというのだが——」

「な、何と」

「おぬしは甚五左衛門を殺したと思い込み、その獲った首を盗み、その場を立ち去ったというが——」

「えっ！」

主水助は飛び上がらんばかりに驚いた。

「その申すところ、真(まこと)か」

「い、いや、それはすべて作りごとにございます」
ようやく甚五左衛門の策略に気づいた主水助は、必死に弁明しようとした。
それを氏照の大きな手が制した。
「甚五左衛門、そなたの申すは真か」
「はい」
左右の小者の手を借り、甚五左衛門が上体を起こした。
「税所殿はそれがしを暗がりに誘い、突然、斬り掛かってまいりました。いかにそれがしとて、お味方から襲われるとは思いもよらず、不覚を取りました」
「偽りだ。奥州様、この者は嘘を申しております。戦の後、この場に来るまで、それがしは、この者と会っておりませぬ」
「静まれ！」
氏照が厳しい顔で主水助を制した。
「甚五左衛門、むろん、証はあるのだろうな」
懐に手を入れた甚五左衛門は、生絹でくるんだ抜き身の脇差を投げ出した。
「これは、税所殿ともみ合った際、咄嗟に奪ったもの」

「あっ」
 主水助は、自らの脇差が鞘だけになっていることに、この時、初めて気づいた。
「主水助、これは確かにおぬしのものか」
「は、はい」
「だが甚五左衛門、それだけでは証拠にならぬ」
 氏照の言葉に主水助は勇を得た。
「その通りにございます。この者はわが寄子。それがしの目を盗んで脇差を盗むくらい、容易にできます」
「しかし、先ほどおぬしは、その脇差で首を打ったと申したはずだ」
「いや——」
「その後、甚五左衛門とは出会っていないとも申した」
 主水助の額に汗の玉が浮かんだ。
 ゆっくりと床几から立ち上がった氏照が、拝跪する主水助の傍らまでやってきた。

「主水助、そなたの言葉に偽りはないな」
「はっ、はい。天地神明に誓って、偽りはありませぬ」
「わかった」
 氏照が戸板に横たわる甚五左衛門に向き直った。
「どちらが偽りを申しているに違いないが、脇差だけでは証拠として不十分だ。主水助が首を搔いた後、脇差を落とし、そなたが偶然、拾ったということも有り得る。それゆえ、主水助を罰するわけにはまいらぬ」
「はい」
 甚五左衛門が首を垂れた。
 ——ああ、よかった。
 主水助は考え得るすべての神仏に、心中、感謝の言葉を述べた。
「よって主水助の功を認め、おぬしには死罪を申し渡す」
 氏照の厳しい裁定に、周囲からざわめきが起こった。
 しかし、甚五左衛門は顔色一つ変えなかった。
「奥州様、その首をそれがしが獲ったという証を立てれば、よろしゅうございま

安堵の海に浸っていた主水助は、突然、全身が総毛立った。
「そなたは、その証が立てられると申すのだな」
「はい」
「わかった。申してみよ」
少しでも曖昧な証拠であれば許さんと言わんばかりに、氏照は甚五左衛門に厳しい眼差しを注いでいた。
「奥州様、その首の後頭部には、十字の切り込みがあるはずです。それがしは首を落とした際に備え、いつもそうしておりました」
「それは真か」
氏照が軍監に向き直った。
「十字の切り込みは甚五左衛門の印。その言に相違なし」
軍監が厳かに答えた。
早速、走り寄った氏照の近習が、首の髪をかき分け、その傷を確かめた。
固唾をのんで周囲が見守る中、近習が大きくうなずいた。

「間違いないか」

苛立たしげに歩み寄り、近習から首を奪った氏照は、自らその傷を確かめた。氏照の口から大きなため息が漏れた。

「何たることか」

「奥州様、これは甚五左衛門の謀にござります！」

主水助は必死に弁明しようとした。しかし弁明は、氏照の最も嫌うものである。

「それでは、この十字の傷跡を何と説く」

「そ、それは——」

主水助が口ごもった。

「何の申し開きもできぬはずだ」

氏照は悲しそうに首を横に振ると、主水助に背を向けた。

軍監が氏照に代わり、鋭く詰め寄った。

「脇差の件といい、この切り込みといい、すべては甚五左衛門の申したことと符合する。それに反し、おぬしは、何一つとして理に適った弁明ができておらぬで

「ああ、奥州様——」

これまでの因縁も含め、真実を洗いざらい吐露してしまうことも考えた主水助であったが、氏照の情けにすがるしかないことを覚った。否、その方が間違いなく重罪となる。

主水助は、氏照の情けにすがるしかないことを覚った。

「奥州様、どうかお許しを」

「これほどのことをしておいて、おぬしは許しを乞うのか」

「何卒、ご慈悲を」

氏照が目尻を引きつらせた。

「わが馬廻にあるまじき行為！」

「この場には、小田原衆、他国衆なども多くいる。主水助、おぬしは皆の前で、わしの顔に泥を塗ったのだ」

「謀られた。わしは謀られたのだ！」

万事休した主水助は発狂を装い、この場から逃れようとした。しかし、傍輩である馬廻衆に左右の肩を押さえられ、氏照の前に引き据えられた。

「はないか」

「それにひきかえ、甚五左衛門の働きは真に天晴れ。おぬしの代わりに馬廻衆に取り立て、組頭に任ずる」

「はっ、ありがたきお言葉」

甚五左衛門が恭(うやうや)しく頭を下げた。

「嘘だ。これは現(うつつ)ではない！」

もはや絶叫する以外、主水助のできることはなかった。

「士道不覚悟により、税所主水助を斬首とする」

氏照が来国行(らいくにゆき)の太刀を抜くと、近習が駆け寄り、白刃を水で清めた。

「嫌だ。死にたくない！」

主水助は泣き喚(わめ)いた。

死への恐怖以外、すでに主水助の脳裏を占めるものはなかった。

白刃を提げた氏照が主水助の背後に回った時であった。

「奥州様」

戸板の上の甚五左衛門から声がかかった。

「今更、何だ」

「この者は、かように武士の風上にも置けぬ輩。しかし、それがしとは同郷であり、父祖代々の誼もございます。この場は、わが功に代えて一命をお救いいただけませぬか」
 その言葉に周囲からどよめきが起こった。
「そなたは、この者に殺されかけたのだぞ。本当によいのか」
「もとより」
 甚五左衛門が頭を垂れた。
「天晴れな心懸けだ。その功に代えずとも、そなたの願い、聞き届けよう」
 満足そうに微笑んだ氏照は太刀を収めた。
 主水助は、命が助かったという喜びにうち震えた。
「しかし甚五左衛門、これほどの卑怯者だ。もう武士として使い物にならん。放逐するのもいいが、それでは家中の恥を晒すことになる。いかがすべきか」
 氏照の問いかけに、ここぞとばかりに甚五左衛門が答えた。
「この者とは、長らく誼を通じてまいりました。従前同様、これからも誼を通じていきたいと思うております。それゆえ、わが手元に置いておければ幸いかと」

「手元に——」
「はい、わが小者にでも」
「そうだな。それは丁度いい」
　氏照は床几に腰を下ろすと、厳しい声音で申し渡した。
「税所主水助、士道不覚悟により士籍剝奪の上、所払いとする。それを組頭の甚五左衛門が拾ったことにせよ。税所家は半知とし、家督は弟に取らす」
　左右の肩を支えられた主水助は、足を引きずられて陣幕の外に連れていかれた。
　最後に甚五左衛門を一瞥した時、その頰に浮かぶわずかな笑みを、主水助は見逃さなかった。
　主水助は、止め処もなく深い穴に落ちてしまったことを、この時、覚った。

もらい首

一

神流川の北岸に渡った佐橋修理亮は、葦の生い茂る湿原に馬の脚を取られながらも、敵を求めて前進を続けた。
近くを進んでいたはずの田越忠左衛門とも、いつのまにかはぐれ、周囲から人の気配がなくなりつつあった。
——そろそろ引き上げるか。
馬を止めた修理亮は、竹筒の水を飲み干すと、額の汗を籠手の甲でぬぐった。
真夏の日は、いまだ中天にあった。

天正十年六月二日、本能寺での信長横死により、天下に再び暗雲が垂れ込め始

めた。それは関東も同様で、上州奪還を果たさんとする北条方と、上州死守を目指す滝川左近将監一益の軍勢が衝突したのは、信長死してわずか半月後の六月十八日であった。

この日の戦いに勝利した滝川勢は、翌日、さらに敵陣深く攻め寄せたが、陣形が伸びすぎ、そこを北条方に突かれた。これにより滝川勢の敗走が始まる。北条方の将兵は余勢を駆って、思い思いに対岸に渡っていった。

修理亮が馬首をめぐらそうとした時であった。

突如として、水場を走り回る音と喚き声が耳に飛び込んできた。しかし、背丈ほどもある葦に遮られ、その姿は見えない。

葦の間で味方と敵が出会頭に鉢合わせしたと、修理亮は直感した。馬を下りた修理亮は、水音と人声が交錯する方角に走った。

葦をかき分けて進むと、突然、視界が開け、対峙する男たちが目に入った。手前の一人は、三日月の前立に鮮やかな紺糸縅の甲冑を着けた傍輩の田越忠左衛門だった。

「忠左衛門！」
「おう、修理亮」
　三人の敵を相手に槍を構えた忠左衛門は、先に仕掛けるべきかどうか迷っているようだった。
「助太刀いたす」
　すかさず修理亮は、忠左衛門の「脇槍」の位置に回った。
「脇槍」とは、敵が複数である際、「主槍」の弱点である右手脇を固め、「主槍」の攻撃を援護する役である。
「すまぬ」
　複数の敵に気後れしていた忠左衛門が、にわかに元気を取り戻した。
「いくぞ！」
　忠左衛門が左端の敵に突き掛かると同時に、修理亮も右手の敵に槍をつけた。
　最初の一合わせで、修理亮は相手の技量を覚った。
　——これなら勝てる。
　よく見ると敵は、いずれも二十歳にも満たない若侍のようだ。

その時、敵の一人が叫んだ。
「若殿、お逃げ下さい！」
「うむ」
背後に隠れるようにしていた一人が、葦の中に飛び込んだ。
若殿という言葉を聞いた修理亮は、期せずして顔を見合わせた。
「忠左衛門、わしはこの二人を相手にする。おぬしは逃げた敵を追え」
「かたじけない」
忠左衛門が槍を収めると、そうはさせじと敵の槍が追ってきた。
その槍を払った修理亮は、すばやく回り込むと、二人の前に立ちはだかった。
「しまった」
二人は舌打ちしたが、すでに忠左衛門は逃げた敵を追い、葦の間に姿を消していた。
視線で合図を交わした二人が、そろって槍をつけてきた。
——わしを討ち取ってから追うつもりだな。
しかし手練の修理亮にとって、若武者二人が束(たば)になって掛かってきても、何ほ

突き掛かってきた片方の槍を脇に挟んだ修理亮は、それを思い切り手前に引いた。

「未熟！」

どのこともない。

勢い余った敵の一人が、修理亮の眼前に転がった。

即座にその背を踏みつけた修理亮は、一方の敵の槍を下方から巻き上げた。

槍は敵の手を離れ、宙を舞った。

相手の手首の動きを熟知した練達の槍遣いだけにできる技だった。

その槍が地に落ちるより早く、修理亮は敵の草摺の間めがけて、槍を突き通した。

腹を押さえたまま、敵は背後に倒れた。

敵の体ごと己の槍を放した修理亮は、瞬時に太刀を抜くと、逆手に持ち替え、眼下でもがく、いま一人の若武者の胴の下に突き刺した。

血しぶきが顎まで噴き上がったが、そんなことを気にする修理亮ではなかった。

敵にとどめを刺すべく、修理亮はその腹を縦横に抉った。
やがて眼下の一人も白目を剝いて動かなくなった。
——手こずらせおって。
何の感情も差し挟まず、修理亮は二人の首を搔き切った。
——さて、忠左衛門は首尾よく大魚を捕まえたか。
首二つを腰に括りつけた修理亮は、忠左衛門を追って葦原に分け入った。
しばらく行くと、葦が四方に薙ぎ倒されている場所に出た。そこには、明らかに争った形跡がある。
「忠左衛門」
声をひそめて呼んでみたが、答えはない。
なおも五感を研ぎ澄まし、周囲の気配を探った時だった。十間ほど先に、激しく薙ぎ倒され、おびただしい血痕の付いた葦が見えた。
よもやとは思いつつも、首二つを腰から外し、身軽になった修理亮は、慎重に葦をかき分けた。
その時、葦の間から、ぬっと人が現れた。

「あっ！」

咄嗟に身構えた修理亮であったが、それが忠左衛門と知るや、安堵の笑みを浮かべた。

「脅かすな。危うく同士討ちするところだったぞ」

しかし、土気色に変わった忠左衛門の顔に、笑みは浮かんでいなかった。

「おぬし、まさか——」

「不覚であった」

そう言うと、忠左衛門は修理亮にもたれ掛かってきた。

忠左衛門を横たえた修理亮は、慌ててその傷口を調べた。横腹を槍で突かれたらしく、腹に大きな口が開き、そこから止め処もなく鮮血が流れ出ていた。

「おぬしほどの男が、いったいどうしたというのだ」

草摺から下はすでに鮮血に染まり、紺の縅糸が鮮やかな朱色に変わっている。

「敵を慌てて追いすぎた。葦の間に隠れた此奴から、突然、槍をつけられた」

忠左衛門は右手に持った首を示した。
「それでも討ち取ったのだな」
「ああ、討ち取るのに苦労し、随分、血を出してしまったが」
忠兵衛が苦悶の表情を見せた。
「しっかりせい」
われに返った修理亮は、慌てて腰袋から血縛を取り出すと、腹に開いた傷口に塗り込もうとした。
血縛とは、数種の薬草から作られた金瘡薬の一種で、凝血を早める効果がある。
しかし、思いのほか傷は深く、探った拍子に腸の一部が飛び出した。血縛が用をなさないのは、明らかであった。
「ひどいか」
「いや——」
「正直に申せ」
口ごもった修理亮の顔が、すべてを物語っていた。

「そうか。無念だが、これも天運。致し方ない」
「何を申すか。わしが陣所まで背負っていく」
「もういいのだ」
「忠左衛門」
修理亮の目から、止め処なく涙が溢れた。
「どちらが先に逝くことになるとは思っていたが、こんなに早い別れが来るとは思わなんだ」
「忠左衛門、おぬしなくして、わしは生きていけぬ」
修理亮が忠左衛門の手を取った。
「小田原の城は楽しかったな」
忠左衛門が遠い目をした。
その顔には、すでに死相が表れていた。
 かつて二人は、北条氏政に仕える奥小姓だった。幼少時から気の合った二人は、いつしか衆道の仲になり、それは三十路を過ぎた今でも続いていた。
「忠左衛門、わしもこの場で腹を切る。かつて、死ぬ時は共にと誓ったはずだ」

「馬鹿を申すな」
忠左衛門は苦笑すると、弱々しい手つきで、傍らに置いた首を持ち上げた。
「それでは、こいつが無駄になる」
「どういう意味だ」
「この首はな、滝川左近将監が嫡男於長丸のものだ」
その言葉に修理亮は啞然とした。

二

「そうか、忠左衛門は死んだか」
軍監は、がっくりと肩を落とした。
「見事な最期でございました」
「修理亮、辛かろうな」
かつて近習頭として奥を取り仕切っていた軍監は、二人の仲を知っていた。
「生死は武門の常だ。気を落とすな。しかも、おぬしは大功を挙げたのだ」

修理亮を元気づけようとした軍監であったが、修理亮の面は、死人のように蒼白のままだった。

一礼すると、修理亮は肩を落として軍監の許を去っていった。

その後ろ姿に、奥小姓時代の輝きはなかった。

——時は流れ、人は去っていく。それに耐えられなければ、武士という稼業は務まらぬのだ。

軍監が修理亮への同情心を振り払おうとした時、先ほどまで修理亮が座していた場所に、渡したばかりの感状が残されていることに気づいた。それは、後方陣地から届けられてきた北条家当主・氏直の花押が入った判物であった。

そもそも軍監は、それを渡すために修理亮を呼び出したのである。

——これほど貴重なものを。

慌てて修理亮を呼び戻そうとした軍監であったが、はたと思いとどまった。

——武士が一生を懸けて戦場を走り回っても、なかなか得られぬ当主判物を、修理亮は忘れていった。いくら友が死んだからといって、不可解ではないか。

それがどうにも気になり、軍監はいま一度、首実検の行われた場に向かった。

陣幕が取り払われた首実検の場には、すでに人気がなく、蕭々たる風が吹いているだけだった。

わずかに残った小者たちが、物を扱うように無造作に首を片付けている様を眺めつつ、軍監は人の世の無常を思った。

——いずれの首も、われらと同じに、かつては笑い、しゃべり、飯を食っていたのだ。

首が塚のように積み上げられた場所に近づいた軍監は、手を合わせて経を唱えた後、傍らにいた小者に問うた。

「滝川於長丸の首はどこか」

突然、声をかけられた小者は、軍監と知って驚き、跳び下がって拝跪すると、無言で首桶の一つを指差した。それは檜で作られた最も立派な首桶だった。

軍監が首桶の中をのぞいていると、検使役人が飛んできた。

「御奉行様、敵は逃げ散ってしまい、滝川於長丸様の首を返したくとも返せず、困り果てておりました」

軍監に一礼した検使役人は、指示を仰ぐべく、その顔色を窺った。
「まだ、首は洗っておらぬようだな」
軍監は髻の解けかかった髪を摑むと、首を灯明にかざした。常であれば、首は洗い清められ、化粧を施されて髪も結い直されてから首実検に供される。しかし今回のように、その余裕がない場合は、「素首」のまま首実検が行われる。
「はっ、いや、今から洗い清め、供養してもらう手筈となっております」
検使役人は、慌てて於長丸の首を軍監の手から奪おうとした。
「よいのだ。洗っておらず幸いだった」
検使役人の手を振り払った軍監は、灯明を集めさせ、首を念入りに調べた。
「佐橋修理亮のほかに、誰かこの首に触れた者はおるか」
「いえ、おらぬはずです」
集まってきた小者たちも一様に首を横に振った。
「首桶から出し入れする際に、髻を握ったくらいです」
検使役人が如才なく付け加えた。

軍監はしばし考えた末、小者たちに命じた。
「真新しい油紙と黒しぼり（黒胡麻油）、それに焰硝を探してこい」
 事情がわからず顔を見合わせている小者たちを、検使役人が叱咤した。
「何をしておる。早く行け！」
 検使役人に促された小者たちは、四方に散っていった。
 しばらくして、軍監の注文したものがそろった。
 慎重な手つきで油紙に胡麻油を薄く塗った軍監は、その上に焰硝を振り撒くと、丹念にそれを引き伸ばし、表面の焰硝を吹いた。
 油紙の上に薄い焰硝の膜ができた。
 次に何が起こるのか、検使役人と小者たちが固唾をのむ中、軍監は、その油紙を首の右こめかみに当てた。
「まじないか何かの類で」
 検使役人の問いに、軍監は笑って答えた。
「見よ、この首の右こめかみに、指の紋がはっきりと残っておろう」
「ははあ」

検使役人がのぞき込むと、血に染まった指の紋理がはっきりと浮かんでいた。

「この指は右手の親指だ」

「いかにも」

「肌に腫れが残るほど強く押し付けられたということは、この指型が付いた時、於長丸は生きていたということだ」

「はあ」

「おかしいとは思わぬか」

「いえ、息のあるうちに首を掻かれることは、よくありますので」

「そうではない。この指だ」

軍監が油紙の一点を指し示した。

「これは右手の親指だ。つまり、この首を掻いた男は左利きだ」

「ということは」

「於長丸を討ったのは、右利きの佐橋修理亮ではない」

軍監は油紙を大切そうに懐にしまった。

　　　　三

　——これが忠左衛門か。

　陣所内の死体安置所に運ばれてきた忠左衛門の亡骸と対面した修理亮は、周囲の人の気配がないことを確かめると、その胸に顔を押し付けて泣いた。

　——あの美しき男が、かような姿になるとは。

　人という生き物の虚しさを、修理亮は、この時ほど感じたことはなかった。

　その死に顔のむごたらしさとは裏腹に、忠左衛門との思い出は美しいものばかりだった。

　奥小姓に入れられた時から、どんなに辛いことがあっても、互いにかばい合い、励まし合い、二人は生きてきた。仲違いしたことはあっても、すぐに仲直りし、わだかまりは一切なかった。

　そして、共に武芸に励んだ二人は、小姓から使番、そして氏政馬廻衆へと、常に歩を一にしてきた。氏政から氏直への代替わりの際、馬廻衆から小田原衆に編

制変えされてからも、戦場に出れば、他人にはわからぬように、二人はお互いを気遣い、助け合ってきた。

そうした人生はずっと続くものと、修理亮は思っていた。

しかし、忠左衛門は死んだ。

死と隣り合わせに生きる者として致し方ないこととはいえ、あまりに辛い運命だった。

——忠左衛門が死した時、わしも死んだのだ。

このまま生き続けても、骸（むくろ）としての生を送るだけであることを、修理亮は知っていた。

しかも修理亮は、忠左衛門の好意に甘んじ、その功を己のものとした。いかなる経緯（いきさつ）があったとしても、忠左衛門の死を踏み台にして栄達を遂げたことに変わりはなかった。

修理亮は、身悶（みもだ）えせんばかりの自責の念に駆られた。

顔の上まで蓆（むしろ）を引き上げた修理亮は、その亡骸に誓った。

——わしは養子殿に真（まこと）を語る。そして腹を切る。

忠左衛門と修理亮は、すでに三十路を超えていたが、遂に衆道から抜け出せず、室はいたが子はいなかった。弟のいる修理亮と違い、兄弟のいない忠左衛門は、家名断絶を恐れ、遠縁から養子をもらっていた。

修理亮は、その養子にすべてを語ろうと思った。

——おぬしは気の荒い養子殿を嫌っていたが、いかに気が合わぬとはいえ、養子は養子だ。おぬしの代わりに恩賞を受けるのは、養子殿でなければならぬ。

意を決した修理亮は安置所を後にした。

　　　　四

修理亮が安置所を出るのと入れ違いに入ってきた者がいた。

軍監と検使役人である。

次々と席をめくっていた軍監の手が止まった。

「これが田越忠左衛門殿で」

「うむ、変わり果ててはいるが、この顎の黒子に見覚えがある」

そう言うと、軍監は忠左衛門の右腕を取った。
「忠左衛門殿は左利きで」
「うむ、幼少の頃、右手で箸を持つのにも苦労したと本人から聞いた」
於長丸の首に付いた指の紋理を取った時と同じように、「ふうふう」と焔硝を吹くと、軍監は忠左衛門の右手親指の紋理を取った。そして、それを灯りにかざした。
続いて、懐から於長丸の首から取った紋理の油紙を取り出すと、双方を重ね合わせた。
「いかがで」
「やはりな」
軍監が二枚の油紙を渡すと、検使役人もそれに倣って油紙を透かし見た。
「紋理が一致しております」
「もらい首、譲り首をあれほど禁じたにもかかわらず、彼奴らは、その禁を破りおった」
「つまり——」

「於長丸は忠左衛門に討たれたのだ」
　二枚の油紙を大切そうに懐にしまった軍監は、忠左衛門の遺骸に蓆を掛けた。
「図らずも敵と刺し違えてしまった忠左衛門は、死の直前、友の修理亮に首を譲ったのだ」
「なぜでございますか。首を子のために託せば、己は死しても、子に恩賞が下されます」
「それは、当人どうしにしかわからぬ話だ」
　軍監は言葉を濁すと、遠い目をした。
「それでは、いかがいたしましょう」
「致し方ない。掟は掟だ。修理亮に真を語らせ、功を取り消すしかあるまい」
「修理亮は真を語りましょうか」
「かの男を見くびるな」
　柿渋を飲み込んだような顔をして、軍監は安置所を後にした。
　軍監と検使役人は、神流川下流の河畔にある修理亮の陣所に向かった。

神流川の堰堤からは、河原に林立する無数の掘立小屋が見える。兵たちは夕餉の支度で忙しげに行き交い、そこかしこから飯を炊き、菜を茹でる煙が上がっていた。その煙の消え行く先には、数え切れないほどの星が瞬いている。

「不思議なものよの」

「何がございます」

軍監の独り言に検使役人が応じた。

「空に瞬く星の数ほど多くの家臣がいる北条家の中で、忠左衛門と修理亮は出会った」

「はあ」

検使役人の気のない返事に、軍監は黙した。

——二人の間には、他者の介在できぬ深い何かが横たわっていたのだ。

その時、堰堤を歩く軍監らの許に、激しく騒ぐ人声が聞こえてきた。

「何ごとか」

「喧嘩でありましょうか」

次第にその喧騒は大きくなり、声のする方に多くの顔が向けられた。中には、

騒ぎのする方に走り出す者さえいる。

二人が顔を見合わせているところに、前方から奉行下役が駆けてきた。

「あっ、御奉行様、探しておりました」

「いかがいたした」

「喧嘩でございます。斬られた者もおります」

息を切らしていた下役は、軍監から竹筒をもらい、一気に飲み干した。

「して、誰が斬られたのか」

検使役人が問うた。

「はい——」

二度、三度と大きく息を吐いた下役が答えようとする前に、軍監が問うた。

「佐橋修理亮ではあるまいか」

「なぜ、おわかりで」

下役が咽たので、検使役人は、その背を叩かねばならなかった。

軍監と検使役人が人垣の中に駆け込むと、一人の若者が血刀を提げ、茫然と立

遠巻きに囲んだ群衆の輪をかき分け、軍監が進み出た。
「田越左馬允だな」
肩で息をしつつ若者がうなずいた。
遺骸の傍らに片膝をつき、軍監はその面を確かめた。
「やはり修理亮か」
肩を落とす軍監に、左馬允が弁明した。
「この者が、父の功を盗みました」
「修理亮が、おぬしにそう申したのか」
「はい、この者は、父が討死にしたのを幸いに、邪心が芽生え、功をいただく気になったと申しました。それを今更、詫びに来られても——」
「それならば、この者をわしの許に連れてまいればよかったであろう。本人の証言があれば、首注文は後でも変えられる」
「この者はそれを拒み、血判を捺した証文を押し付けてきました」

「なぜだ」
「わかりませぬ」
左馬允から血判が捺された証文を受け取った軍監は、そこに「首を獲ったのは田越忠左衛門」と書かれていることを認めた。
「それで、おぬしは斬ったのか」
「はい、これほどの卑怯者を斬るのに、何の躊躇いもありませんでした」
「何と愚かな——」
「この者は『待て』と言い募り、命乞いをしました」
「修理亮は命乞いなどせぬ。おぬしの短気により、田越家がお取りつぶしになることを恐れたのだ」
「いや、はい——」
左馬允は肩を落として首肯した。
「忠左衛門の功に免じ、この件は公にせぬ。それが修理亮の願いでもあろう」
「ありがたきお言葉」
左馬允はその場に拝跪し、頭を垂れた。

元来た道を引き返す道すがら、軍監は事件を振り返った。
——修理亮は、忠左衛門との関係を知るわしの許に連れていかれれば、いかに功を盗んだと申し立てても、わしが聞き入れるはずがないと、思ったのであろう。そして、わしは詰問を重ね、真を解き明かす。しかも、あの首を落としたのが忠左衛門であるという証拠を、すでにわしは握っていた。

於長丸の首を落とすまで、忠左衛門が生きていたということを証明できれば、「盗み首」ではなく、「もらい首」であることがはっきりする。そうなれば当然、「なぜ忠左衛門は首を修理亮に与えたのか」という詮議の焦点が当たる。

——わしに真を解き明かされては、亡き忠左衛門と己の関係を己のものとすることにつながる。それゆえ証言はできぬ。かといって、このまま功を白日の下に晒すのも後ろめたい。ならば、養子に証文を渡した後、腹を切り、忠左衛門の許に行くつもりだったのだろう。たとえ盗人と罵られても、修理亮は忠左衛門と己の関係を白日の下に晒されることだけには、耐えられなかったのだ。

「そうか」

軍監の呟きが、検使役人の耳にも届いた。
「何か仰せになられましたか」
「いや、何でもない」
天の星辰に向かい、軍監は二人の冥福を祈った。

拾い首

覚束ない足取りで小川まで下りた栗栖清右衛門は、胴丸を脱ぎ捨て、陣笠に水を満たした。

一

「ふー」

頭から水をかぶると、爽快感が体を突き抜けた。

——もう動けん。

河畔に腰を下ろした清右衛門は、一指を動かすことさえ億劫になっていた。合戦の喧騒は随分と遠のいてしまっている。わずかに馬のいななきが、風に乗って流れてくるだけである。

皺深い喉を鳴らして小川の水を飲んだ清右衛門は、慌てたためか、ひどく咳き

——もう若くはないのだ。
　ようやく咳が収まった清右衛門は、先に行った味方に追いつくべく、胴丸を着けると陣笠をかぶった。
　その頃には人心地つき、周囲の様子に気を配るくらいの余裕もできた。
　小川の畔には、打ち捨てられた敵味方の小旗や折れた槍が散乱しており、少し先には、首のない雑兵の死骸が転がっている。
　その光景は、追う者と追われる者がここで出遭い、命のやりとりを行ったことを、如実に物語っていた。
　清右衛門が再び本隊を追おうとした時、叢の陰に何かが転がっているのに気づいた。それは解けかけた白布にくるまれ、無造作に打ち捨てられていた。
　——落とし首だ。
　首をそのままにして立ち去ろうとした清右衛門であったが、ふと足を止めた。
　——落とした者は、さぞ口惜しがっておることだろう。持っていってやれば喜ばれる。どうせわしは、功名にはありつけん。それなら腰に提げていても、邪魔

にはならぬはずだ。

そう思い直した清右衛門は、首の髻を摑むと腰に括り付けようとした。

——待てよ。わしがこれを提げて陣中に戻れば、皆は、わしが首を獲ったと思うだろう。真を話せば、わしは笑い者だ。

清右衛門の耳には、傍輩たちの「何だ、拾い首か」という嘲りが聞こえてくるようだった。

「やめた」とばかりに首を放り投げようとした時、髻にこよりが付いていることに気づいた。

——首の名か。

こよりを開いてみると、そこには「大貫伊勢守」と記されていた。

清右衛門は生唾をのみ込んだ。

大貫伊勢守といえば、下野国の有力国衆・佐野宗綱の重臣である。

見てはいけないものを見てしまったかのごとく、こよりを結び直した清右衛門は、首を片手に「どうしたものか」と、その場に立ち尽くしていた。

天正十二年二月、由良国繁と長尾顕景の調略に成功した佐野宗綱は、両勢と共に渡良瀬川を渡り、北条方の富岡秀高が守る小泉城の南東二里にあたる利根川河畔の巨海に陣を布き、後続する北条氏直本隊のために、渡河用の舟橋を架けていた。

北条家から派遣された援軍の大藤政信は、その頃、小泉城の南東二里にあたる利根川河畔の巨海に陣を布き、後続する北条氏直本隊のために、渡河用の舟橋を架けていた。

小泉城の危機を知った大藤政信は、架橋作業を中止し、全軍に出陣を命じた。

氏直本隊に先駆けて到着していた小田原衆鉄砲隊を押し立て、小泉城付近に迫った大藤勢は、敵陣の背後から釣瓶撃ちを浴びせた。

あまりの轟音に、大藤勢を氏直本隊と勘違いした佐野宗綱らは、小泉城の包囲を解き、北東方面に退却していった。

渡良瀬川方面に退却する敵を捕捉すべく、大藤勢と富岡勢は追撃戦に移った。

追い戦となれば、隊列も何もあったものではない。大藤政信ら将領は、隊列を整えてから追撃に移ろうとしたが、功を焦った武者たちは、てんでばらばらに敵を追い始めた。

その様を見て、秩序立った追撃を諦めた政信は、「討ち取り勝手」の触れを出

した。
　それを聞いた岡本八郎左衛門政秀は、「走れる者だけ、ついてこい」と叫ぶや、馬に鞭を入れた。その中には、政秀の徒士を務める清右衛門と息子の源十郎の姿もあった。

　若い者らに交じり、懸命に走った清右衛門であったが、遂に途中で息が切れ、路傍にへたり込んだ。傍輩たちは清右衛門に一瞥もくれず駆け去ったが、源十郎だけは戻ってきた。
「父上、いかがなされた」
「わしのことはいいから、先に行け」
　それだけ言うのが精一杯だった。
　政秀の槍持である源十郎が遅れるわけにいかない。源十郎は後ろ髪を引かれるがごとく、幾度も背後を振り返りながら駆け去っていった。
　砂塵と清右衛門だけが、その場に取り残された。

二

 鎌倉街道上道を足利方面に向けて追撃した大藤勢であったが、冬の間の積雪で増水した河川に阻まれ、追撃は難航した。
 ようやく足利城下に着いたものの、敵は足利城内に逃げ込み、城門を貝のごとく閉ざしていた。
 敵が、佐竹・宇都宮連合軍の後詰を待っているのは明らかだった。
 元々、兵力に乏しい大藤勢は、氏直本隊の到着を待つため、足利城を遠巻きに包囲した。

 その頃、大藤勢に合流すべく、清右衛門はとぼとぼと街道を歩いていた。
 時折、味方の使番が街道を行き来するが、誰もが先を急いでいるらしく、清右衛門には目もくれず、土煙を残して駆け去っていった。
 その度に清右衛門は、拾った首を背後に隠した。

——何をしておる清右衛門、おぬしは首を盗んだわけではなかろう。

　そうは思ってみたものの、どうにも後ろめたい気持ちは収まらず、街道を南下してくる者がいると、それが百姓でも、清右衛門は不安になった。

　次第に、清右衛門の足は鈍った。

　——何のことはない。「その首は何だ」と問い詰められても、胸を張り、拾ってやったと申せばよいだけではないか。

　幾度もそう思ったが、なぜか喩えようのない後ろめたさが、清右衛門の脳裏を占めていた。その後ろめたさの正体が何であるか、当の清右衛門にも説明がつかなかった。

　思えばここ十年、清右衛門は功名にありついていなかった。若い頃は、戦場に三度も出れば、必ず一度は首を提げてきたものだったが、ここのところ、ずっと功名からは遠ざかっている。

　——わしが首を挙げたと知ったら、皆は驚くだろうな。

　ついそう思ってしまった清右衛門は、即座に己の醜い考えを否定した。

　——何を考えておるのだ！

己を叱咤しつつも、清右衛門にとり、その首はどうにも魅力的だった。
　——やはり、おかしな親切心など起こさねばよかった。
　清右衛門は首を拾ってしまったことを、心底、悔いた。
　これまでの人生、正直だけを取り柄に生きてきた清右衛門にとって、首は重荷以外の何ものでもなかった。いっそ捨ててしまおうかとも思ったが、ひとかどの将の首ともなれば、それなりの供養をせねばならない。供養せずに捨てれば祟りがあると聞いたこともある。
　どこかの寺に供養と埋葬を頼もうかとも思ったが、戦火を恐れ、寺から僧侶たちが逃げ散っているのは、明らかだった。
　やがて日が暮れてきた。
　相州生まれの清右衛門にとり、上州の寒気はことさら辛かった。暖を取る場がないか懸命に探した清右衛門は、ようやく、百姓たちが逃げ散った後の空き家に転がり込むことができた。
　火を熾し、囲炉裏の自在鉤に破れ鍋を掛け、湯を沸かした清右衛門は、埃まみれの椀を見つけ出し、白湯を入れた。

「此度は、たいへんな御難でございましたの」

くるんでいた白布を解き、首の前に椀を供えた清右衛門は、さも生きているかのように、首に語りかけた。むろん首は、拾った時と寸分違わぬ険しい顔のままである。

それでも囲炉裏の熱により、幾分か首に生気が戻ったように感じられた。

「どうか成仏して下され」

清右衛門は手を合わせ、懸命に経を唱えた。

思いつくまま首に語りかけながら、囲炉裏の榾をいじっていると、眠気が襲ってきた。うつらうつらしながら清右衛門は、戦場を疾駆した若き日々に思いを馳せていた。

——あの頃、わしは若かった。薩埵峠では最後まで戦場に踏みとどまり、武田の騎馬武者を、見事、討ち取った。

夢の中の清右衛門は、奔馬のように精悍だった。日焼けした鬚面に、ぎらぎらとした目を光らせ、止め処もない野望に燃えていた。敵に怖じることはなく、敵の姿が見えると、逆に奮い立ったものだった。

その時、何かの気配を感じた清右衛門は、現実に引き戻された。立ち上がって耳を澄ますと、かすかに人馬の喧騒が聞こえる。
——夜襲か。
急いで外に飛び出すと、北東の空が燃えていた。味方勢が敵城に夜襲を掛けたものらしかった。
清右衛門は、とたんに息子の源十郎のことが心配になった。
——無理をせねばよいのだが。

近頃、戦場慣れしてきたためか、源十郎は、矢玉の飛び交う敵陣に物怖じせずに飛び込んでいくことがある。功を挙げることにこだわるその貪欲さは、若き頃の己を見るようであった。

清右衛門には、それが頼もしくもある反面、気がかりでもあった。
赤く染まった夜空を見上げながら小用を足した清右衛門は、囲炉裏の火を再び熾し、首に頭を下げると、深い眠りについた。

三

翌朝、ようやく味方に合流できた清右衛門は啞然とした。味方が仮の陣として拠っている古寺が、惨憺たる有様を呈していたからである。

負傷兵は門前にまで溢れ、金瘡手当ての番を待っている。境内からは誦経の声がやまず、次々と死体が外に運び出されていく。死体が向かった先からは、幾つもの黒煙が真っ直ぐに立ち上っていた。

たまたま出会った知己の者によると、城方から、よもやの夜襲を掛けられた大藤勢は、散々に破られ、半里近くも後退を余儀なくされたという。

——夜襲を掛けられたのは、お味方だったのだ。

清右衛門は、にわかに源十郎のことが心配になった。

人ごみをかき分けて境内に入った清右衛門は、庫裡の裏にうずくまる源十郎をようやく見つけ出した。

「源十郎、無事であったか」
「ああ、父上」
 清右衛門の弾んだ声とは裏腹に、源十郎の声は沈んでいた。
「いったい、どうしたというのだ」
「陣掛けしているところを襲われました」
 源十郎が口惜しそうに唇を嚙んだ。
「不意打ちだったのか」
「はい、戯れ言を言いつつ共に働いていた旗持ちの平四郎の背に、矢が刺さり——」
「平四郎が死んだか」
 わずかにうなずいた源十郎が口惜しげに呟いた。
「敵の新手に見事、裏をかかれました」
「新手とは」
「宇都宮の先手勢が、すでに城に入っていたようです」
 そこまで言った源十郎は、再び膝の間に顔をうずめた。

「岡本様は無事か」
「はい、あの方の逃げ足は速い」
膝の間から源十郎の苦笑が聞こえた。
「味方の被害は、どれほどのものだったのか」
「見ての通り、帰らぬ者は三人に一人という有様です」
この首を獲った者は、昨夜の夜襲で死んだやも知れぬ。
——この時、清右衛門の胸底深くに眠っていた何かが頭をもたげた。
「ところで父上、その腰のものは何ですか」
突然、源十郎に指摘され、清右衛門は慌てた。
「ああ、これか」
「まさか、首では」
「ああ、うむ」
「何と父上、功を挙げたのですか」
「いや——」
咄嗟のことに、どう返答すべきか迷った清右衛門は、どちらともつかぬ態度を

取った。

しかし源十郎は、清右衛門が功を挙げたと思い込み、いかにも嬉しそうに首を見ようとした。

「待て、そう急くな」

「いいではありませぬか。これほどめでたいことはない」

親友の平四郎を失い、意気消沈していた源十郎の瞳が生き生きとしてきた。

それを見た清右衛門は真実を話せなくなった。

しかし、首を獲った者が名乗り出れば、清右衛門は厳しい詮議にかけられ、真実は白日の下に晒される。それこそは最も恐れるべきものだったが、「三人に一人」の誘惑に、清右衛門は勝てなかった。

「皆、聞け。わが父が首級を挙げたぞ！」

源十郎の声に、周辺で寝そべっていた傍輩たちが集まってきた。

「よかったな」

「久方ぶりの手柄だな」

傍輩たちは清右衛門を心から祝福してくれた。

その中には、「どうせ雑兵首だろう」という軽侮の念が含まれていたが、皆の祝福を受けた清右衛門は、若き日に戻ったかのように嬉しかった。

「して、父上、いかな有様だったのですか」

「えっ、何がだ」

「いかに首を獲ったのか、よろしければ、皆に語ってやって下され」

「いや、たいしたことではないゆえ——」

「父上、皆は負け戦に意気消沈しております。父上の手柄話を聞けば、皆の士気が騰がりましょう」

源十郎の瞳は少年のように輝いていた。

その様を見ていると、なおさら清右衛門は真実を話せなくなってきた。

かつて清右衛門が手柄を立てて帰ると、幼い源十郎は、その時の様子をさかんに問うてきた。同じ話を繰り返しせがみ、源十郎は飽きることがなかった。それが、何よりも清右衛門には嬉しかった。

「実は——」

気が進まないながらも、清右衛門はそれらしい話をでっち上げた。

「となると、相手は随分の武将とお見受けするが」

傍輩の一人が興味津々といった顔を向けてきた。むろんそこには、「武将首のはずがあるまい」といった含みがある。

その言葉に少しむっとした清右衛門は、皆の鼻を明かしてやりたいという衝動に駆られた。

「その武将の御尊顔を、ぜひ拝見したい」

別の傍輩が白布に包まれた首に触れようとした。

「待て、そう急くな」

首を引き寄せた清右衛門であったが、周囲の視線のすべてが、それを要求していることに気づくと、覚悟を決めた。

「わかった。お見せしよう」

清右衛門が白布を解くと、感嘆の声が上がった。

あまり腐敗の進んでいないその首は、面構えといい、骨格といい、どこから見ても、ひとかどの武将のものにしか見えなかった。

「ここにこよりが付いております」

「あっ、それは——」
　源十郎が素早くこよりを手に取ると、そこに書いてある名を読み上げた。
「大貫伊勢守」
　皆は口をあんぐりと開け、顔を見合わせた。
——もしやこの首を獲った者が、回状を回しておるのではないか。
　首を落とした者は、自らの獲った首を拾った者はいないかと、諸隊に回状を回す習慣があった。
「こ、この名について、何か聞いておるのか」
　清右衛門の声がうわずった。
「父上、これは佐野家の家老のものですぞ」
「ああ、そのようだな」
「これは、たいした手柄ぞ！」
　源十郎が右手を天に突き出して跳び上がった。
　徒士仲間も、皆、口々に清右衛門を称え、背を押すようにして大藤政信の仮本陣に連れていった。

清右衛門のためだけに、急遽 行われた首実検も無事に済み、晴れて功は清右衛門のものとなった。敗軍の中、清右衛門は大藤政信より「功第一」と称えられた。

全軍にこのことが告げられたが、首を獲った者は遂に名乗り出なかった。首を獲った者が、昨日の夜襲で死んだのは明らかだった。

清右衛門は、その者の成仏を祈りつつも、心中、安堵のため息を漏らした。

　　　　四

同年三月、氏直率いる北条家主力部隊が、いよいよ足利城包囲陣に到着した。

大藤勢の士気は、いやが上にも高まった。

若き当主氏直は、即座に我攻め（力攻め）を決定、翌日、三万余の大軍が足利城とその城下に襲い掛かった。

攻防は熾烈を極めたが、北条勢は徐々に包囲を縮め、遂に敵勢を城内に押し込めた。しかし城に拠った敵勢は、頑強な抵抗を示し、北条勢を幾度も押し返し

攻防は一月余にも及んだ。

四月下旬、氏直は一か八かの惣懸りを決めた。

後備に回されていた大藤勢にも、陣触れが出た。

——これは、容易ならざる戦いになる。

傍輩と共に出撃を待つ清右衛門の心に、黒雲のような不安が広がっていった。

——天罰が下り、わしは死ぬやも知れぬ。

そう思うと、急に恐怖心が込み上げてきた。

——死ぬ気で城に駆け入っても、屈強な敵を突き伏せることなど、わしにできようはずもない。よしんば、うまく城内に入り込めても、若い者には敵わない。

その時、城の方角から歓声が湧き上がった。

「落城だ」

「やったぞ！」

城内から勝鬨が風に乗って流れてきた。それは大きな津波となり、清右衛門たちのいる陣まで押し寄せてきた。

清右衛門は心底ほっとした。しかし、そのすぐ後、己の心に初めて芽生えた怯懦におののいた。

このまま腰抜けの老人になっていくのかと思うと、清右衛門は、いたたまれなくなった。

「父上、功を挙げる機を逃しましたな」

傍らの源十郎が、さも無念そうに舌打ちした。

その眼は、かつての清右衛門と同じ、あの獲物を求める獣のものだった。

――また走り戦か。

佐野宗綱の本拠・唐沢山城目指して落ちる敵を捕捉殲滅すべく、北条方は追撃戦に移った。またしても隊列は乱れ、われ先に手柄を競うようになった。

岡本隊の最後尾を駆けていた清右衛門は、傍輩たちから、じりじりと遅れ始めた。

それでも遅れじと足を速めた時、清右衛門は何かに滑り、無様に転倒した。

草鞋の裏に付いたものを見ると、馬糞だった。しかも、したたか腰を打ったた

め、すぐには起き上がれない。
 気づけば岡本隊は、すでに砂塵を撒き散らしながら彼方に去っていた。政秀の傍らを走る源十郎も、清右衛門の転倒に気づかなかったらしく、そのまま行ってしまった。
 清右衛門は一人、街道に取り残された。
 馬糞にまみれて、その場に座り込んでいると、後続部隊が迫ってきた。それを避けるため、清右衛門は転がるように水田に下りた。その眼前を、若武者たちが砂埃を巻き上げ、次々と駆け去っていった。
 気づくと清右衛門は、冷たい水を満々とたたえる水田に半身を漬けていた。
 ——もう若い者には勝てぬ。
 泥土の中で、清右衛門は、つくづくと衰えを知った。
 寒風吹きすさぶ野に夕闇が迫る頃、清右衛門はようやく気を取り直し、とぼとぼと街道を歩いていった。

五

　夜を徹して歩き通した清右衛門は、日の出頃、合戦があったばかりの村に行き着いた。
　村内には敵味方の小旗や壊れた武具が散乱し、首のない遺骸が、そこかしこに横たわっていた。中には首のつながっている遺骸もあったが、それらは皆、北条家の三鱗（みつうろこ）の紋所が描かれた陣笠や御貸胴（おかしどう）を着けた味方のものだった。
　——お味方首では致し方ない。
　とぼけて味方首を持っていっても、その首の知己が現れれば、たいへんなことになる。味方と知って討った嫌疑がかけられ、拷問（ごうもん）を伴（ともな）う厳しい詮議が行われる。たとえ疑いが晴れても、首になった者の兄弟や傍輩からの仕返しに、日夜、怯（おび）えて生きねばならない。そのため、味方首を首実検にかける者には、相応の覚悟が要る。
　清右衛門は、無意識のうちに「落とし首」を探している己の姿に気づいた。

——恥を知れ！

己を叱咤してみたものの、どうしても視線が、叢や物陰を探ってしまう。

軍組織が確立されている北条家の場合、部隊単位で移動することが多く、戦があったばかりの地に、誰よりも早く、たった一人で行き当たる僥倖など、めったになかった。

しかも、戦のあった地域には、怪我人や死体を収容する部隊がすぐに派遣される。むろん、それより前に、付近の百姓らが、金目のものを探しに来るのが常であった。

百姓たちにとり、戦のあった場所は宝の山だった。とくに金属は貴重で、折れ刀や武具の破片を、彼らは血眼になって探した。それらを鋳つぶし、釘として再生するのが狙いである。こうした「古金」を探す「戦場稼ぎ」たちにより、戦のあった場所からは、あっという間に金属類が消えていった。

周囲を見回した清右衛門は、誰もいないことを確かめると、突然、脱兎のごとく駆け出した。

——一度やってしまったことだ。二度やっても同じだ。

清右衛門は、開き直ったかのごとく戦場を駆け回った。己の面相が餓鬼(がき)のように浅ましいものに変わっていることを、清右衛門は知っていた。しかし、それがわかったとて、やめられるものではなかった。
——あった！
それは朽ちかけた厩(うまや)の脇に落ちていた。
白布に包まれたその首は、明らかに誰かが落としていったものだった。
手早くその首を腰に括り付けた清右衛門は、茶筅髷(ちゃせんまげ)を結ったひとかどの武将首が出てきた。
——この首はわしのものだ。わしが敵を斃(たお)して獲ったのだ。またしても、わしは功名を挙げたのだ。
先ほどまでの後ろめたい気持ちが嘘のように消え去り、胸内に潑剌(はつらつ)たる鋭気が満ちた。
——これでまた、源十郎の喜ぶ顔が見られるぞ。
若き頃に戻ったかのように、清右衛門は胸を張って歩き出した。

六

清右衛門が唐沢山城下に着いた時、味方は城を包囲しつつあった。
早速、岡本政秀の陣所に赴いた清右衛門であったが、政秀と源十郎が戻っていないことを知らされ、愕然とした。しかも、岡本家の家人や寄子たちは二人を探しに出払っており、詳しいことを知る者はいない。
源十郎の安否が定かでないことを知った清右衛門は、居ても立ってもいられなくなった。
早速、元来た街道を探しに戻ろうとする清右衛門の耳に、触役の声が聞こえてきた。
「半刻後、本陣で首実検を始める。首を挙げた者はすぐに本陣に行き、首注文に記帳せよ。危急の折ゆえ、申し出のない首は、後日では受け付けないとのこと」
それを聞いた清右衛門の顔色が変わった。
——いかがいたすか。

首実検では、自らの番がいつになるかわからず、一刻くらいすぐに経ってしまう。とくに清右衛門が供した首のように、瑣末な局地戦で挙げたものは、後回しにされることが多い。

首だけ供することもできたが、討ち取った本人が首実検に出なければ、首を獲った折の勇壮な話を、重臣たちの前で語ることができず、恩賞も目減りすることは確実であった。

——源十郎は大丈夫だ。逃げ足では誰にも劣らぬ岡本様も一緒ではないか。

そう己に言い聞かせると、清右衛門の足は本陣に向いた。

「この首、間違いなく長尾家侍大将の二階堂播磨守のものだな」

軍監に迫られた生虜の一人が、虚ろな顔でうなずいた。

それを見た軍監が大藤政信に向き直った。

「間違いないようです」

軍監の報告を受けた政信は、満面に笑みを浮かべた。

「栗栖清右衛門、先日の大貫伊勢守に続き、此度の二階堂播磨守を討ち取った

政信から最上級の賛辞を贈られた清右衛門は、天にも上る気分だった。此度の功により、清右衛門は、間違いなくかつての武名を取り戻したはずだった。
「儀（ぎ）、真にもって天晴（あっぱ）れであった」

——わしはやった。わしはすべてを取り戻したのだ！

清右衛門は喜びを噛み締めた。

「この者こそ、老いたる者の手本にございます」

政信の傍らに控える軍監も嬉しそうだった。軍監は清右衛門と同年輩であり、常々、老境に入った兵たちを気遣ってくれていた。

「老いても、かように功は挙げられる。それを清右衛門は明らかにした。このことを若殿に言上（ごんじょう）し、他の老人たちを奮起させる材としよう」

いつになく政信も上機嫌だった。

「ありがたきお言葉」

清右衛門は歓喜に咽（むせ）んだ。

その時、陣幕の外より使番が走り来て、軍監に何ごとかを耳打ちした。笑顔でそれを聞いていた軍監の顔が、瞬く間に曇っていく。厳しい顔つきのまま、軍監は政信の耳元に口を近づけた。

「何と――」

それを聞く政信の顔つきも次第に険しくなっていった。

清右衛門は、二階堂播磨守の首を獲った者が現れたのではないかと不安になった。

しかし、播磨守は夜間の乱戦中に討たれたはずで、討ち取った者とて、誰の首ともわからぬはずである。しかも夜戦ともなれば、証人を見つけるのは容易でない。

――何を申し述べようが、証拠はないはずだ。

清右衛門は己に言い聞かせた。

「清右衛門、そなたに用のある者が来ておる」

政信の声音は、先ほどとは明らかに違う刺々しいものに変わっていた。

「後ろを見よ」

清右衛門が振り返ると、源十郎と寄親の岡本政秀がそろって拝跪していた。
「源十郎、生きておったか!」
清右衛門は喜びのあまり駆け寄ろうとしたが、首実検の場であることを思い出し、すんでのところで思いとどまった。
源十郎の安否に一抹の不安を抱きつつ、首実検に臨んだ清右衛門であったが、その無事な姿を見て、喜びも倍増した。
「源十郎、見よ。父はまた功を挙げたぞ」
しかし、その言葉を聞けば、弾むように喜ぶはずの源十郎の顔は、曇ったままだった。
「こちらに参れ」
清右衛門を制するかのように、軍監が二人に指示した。
二人は清右衛門の横に拝跪した。
「いったい、いかがいたしたのだ」
「何かよからぬことでもあったのか」
清右衛門がいくら問うても源十郎は清右衛門に一瞥もくれずうつむいているだ

けである。
「ここにおるは、岡本八郎左衛門寄子の栗栖源十郎という者。この者によると、栗栖清右衛門の供した首は、己が獲ったものとのこと」
軍監の言葉に、清右衛門は愕然とした。
二人に向き直った軍監は厳しい顔つきで問うた。
「源十郎、相違ないな」
「はっ」
源十郎が平伏した。
「馬鹿な」
「嘘だ」
立ち上がった清右衛門は、首を指差して叫んだ。
「この首は、わしが獲ったのだ！」
「静まれ！」
清右衛門を制した政信は、寄親の岡本政秀に顔を向けた。
「八郎左衛門、源十郎がこの首を獲った折、そなたはそばにいたと聞くが——」
「はっ、乱戦になり、それがしは不覚にも手傷を負いました。そこに源十郎が駆

「けつけ、敵に立ち向かいました」
「それで、この首を獲ったと申すか」
「はい、暗がりゆえ、首がその折の武者かどうかは、定かでありませぬが——」
「さもありなん。この首はわが手で落としたもの！」
「控えろ！」
まくしたてる清右衛門を、今度は軍監が一喝した。
「それでは源十郎、そなたが、この首を獲った場所はどこか」
政信の問いかけにも、源十郎は澱みなく答えた。
「小さな村のはずれにある朽ちかけた厩の脇にございます」
「ほほう、清右衛門の申した場所と同じだな」
政信の目が光った。
「そこで首を獲り、そこで首を失くしたというわけか」
「はっ、掻き切った首を腰に括り付けようとすると、すぐに敵の新手が現れ——」
「斬り合いになり、首をどこかに落としたというわけだな」

「いかにも」
　源十郎は無念そうに唇を嚙み締めた。
「なぜ、首を探さなんだのか」
「暗がりの中で首を探し出すのは困難。しかも、お味方は敵を追い、走り去った後。手負いの岡本様とそれがしだけで、その場にとどまることは危ういと思いました」
「それでも首を探そうと申したのですが、源十郎は、後続の誰かが拾ってくれるに相違ないと申し——」
　政秀が無念そうにため息を漏らした。
「それで、打ち捨ててきたと申すか」
「いや、廃寺に隠れて一夜を過ごし、朝方には出血も止まりましたので、それがしは源十郎を促し、村に戻りました。血眼になって二人で首を探したのですが、どうしても見つからず、源十郎が『お味方のいない地にとどまるは危険』と、さかんに申すので、無念ながら陣所に戻りました」
「主を気遣い、己の手柄を捨てるとは立派な心がけだ」

政信は感嘆のため息を漏らしたが、次の瞬間には、厳しい顔つきに戻っていた。
「しかしながら、それだけでは、この首をそなたの落としたものと認めるわけにはまいらぬ。現に、ここにいる八郎左衛門も、この首が、そなたの討ち取ったものとまでは申しておらぬ」
政信の言葉に政秀は肩を落とした。
「源十郎、すまぬ」
「とんでもございませぬ」
——ここが切所だ。
ここぞとばかりに、清右衛門が口を開いた。
「大藤様、これでおわかりいただけたはず。わが息子とはいえ、父を貶めるとは真にもって不届き千万。陣所に戻ってからお灸をすえますので、この場は、それがしにお任せ下され」
「うむ」
政信が立ち上がろうとした時だった。

「お待ち下さい」

源十郎が政信を呼び止めた。

「まだ何かあるのか」

「それがしは首を落とした折に備え、常に手巾を千切り、口の中に挟んでおります。これは父から教わった心得にございます」

わが耳を疑う清右衛門を尻目に、源十郎は腰の手巾を外し、小者に手渡した。軍監が合図すると、別の小者が首に走り寄り、首の口をこじ開け、その中から手巾の切れ端を取り出した。そして周囲にもわかるようにそれを高く掲げた。

篝火に照らされた白布の切れ端が、妖しく風に揺らいでいる。

清右衛門は、この光景を現のものと思いたくなかった。

小者から渡された源十郎の手巾と、首の口から出た切れ端を見比べ、大きくうなずいた軍監は、黙ってそれを政信に差し出した。

軍監と同じように双方の切り口を確認した政信の面に、不快な色が走った。

「どうやら、この首は源十郎の獲ったものに相違なさそうだな」

「いかにも」

政信と軍監の視線が清右衛門を射た。
「この首を拾ったにもかかわらず、清右衛門は己の獲ったものとして、首実検に供したということか」
「道理に照らせば、その通り」
軍監が厳かに答えた。
「清右衛門、何か申し開きはあるか」
軍監の冷厳な声音が、清右衛門の胸に突き刺さった。
清右衛門は喘ぎながら突っ伏した。
それが答えであることは、誰の目にも明らかであった。
「この者は他人の手柄を奪おうとした愚か者だ。しかも皮肉なことに、その首は己の息子の獲ったものだったのだ。さしずめ、大貫伊勢守の首も拾ったものであろう」
「向後、この者が、おめおめと家中で生きていくことはできますまい。後は、己で始末をつけさせまする」
「そうだな」

軍監の言葉に同意した政信は、汚れたものでも見たかのように顔をしかめ、座を払った。
「これにて首実検を終わる！」
鍛えた鋼のような軍監の声が、陣幕を震わせた。

清右衛門の頭の中は、靄がかかっているかのように真っ白だった。ただ、若かりし頃の情景が、次々と浮かんでは消えていった。その多くは、幼い頃の源十郎の思い出と共にあった。
——あの頃は楽しかった。
肩車をされて喜ぶ源十郎の笑い声が、耳朶によみがえってきた。
次第に清右衛門は夢見心地になっていった。
「父上——」
われに返ると、眼前に泣き濡れた源十郎の顔があった。
清右衛門は、なぜ源十郎が泣いているのか、にわかに理解できなかった。
「どうした」

「父上、申し訳ありませぬ。何ごとにも正直であれと、常々、父上から教えられてきたそれがしには、どうしても真を隠すことができませなんだ。幾度もしゃくりあげながら、源十郎が言った。

「そうか」

すでに清右衛門には、その言葉の意味すら理解できなかった。

「どうかお許し下さい」

そう言い残すと、源十郎は何かを振り払うように踵を返した。そして、二度と背後を振り返らず、政秀をいたわるように下がっていった。

小者が眼前を行き来し、あっという間に首実検の場は片付けられていった。口端に笑みさえ浮かべて思い出に浸る清右衛門の前に立った軍監は、腰の脇差を抜くと、清右衛門の膝の前に置いた。そして、哀れむような視線を投げかけると、黙ってその場から去っていった。

人気がなくなると、夜風の冷たさが身にしみる。

笑みを浮かべたまま、清右衛門は、ゆっくりと脇差に手を伸ばした。

解説

縄田一男(文芸評論家)

 歴史・時代作家は数々あれど——文芸評論家とて人の子だから——その中で特に肩入れしたい作家がいるのは致し方ないことだろう。
 私にとって伊東潤さんは正にそんな一人だ。
 実質的なメジャーデビュー作となった『武田家滅亡』(角川文庫)をはじめて読んだときの、作品から放たれる気迫はいまでも昨日のことのように覚えている。
 信玄亡き後、父をも凌ぐ武将でありながら、周囲の状況や思惑によって名門を破滅に導いてしまった勝頼の悲劇。そして、武田と北条の甲相一和、両家の架け橋となるべく、勝頼のもとへと嫁した亡き北条氏康の娘である桂姫の健気な思いに涙しないものはいないだろう。
 そして、伊東さんの小説作法で得がたいのは、武田家が、外部というより、むし

ろ、内部から崩れていくさまを迫真のタッチで描いている点だ。伊東さんの経歴に、早稲田大学卒業後、日本IBMなどを経て外資系日本企業の事業責任者を歴任、株式会社クエーサー・マネジメントを設立、独自のコンサルティングサービスを展開中である。

私などは、筆一本で生きてきたので、こういった世界は門外漢だが、恐らく伊東さんは、実体験として、さまざまな企業の栄枯盛衰を肌で感じ、組織が崩壊するときのファクターを知り抜いているのではないのか。未読の方のために詳述はできないが、武田に巣喰う佞奸の臣、経済官僚・長坂釣閑が抱く暗い情念の何と凄まじいことか。

ここに故郷諏訪への憧憬を胸に『武田信玄』『武田勝頼』をものした新田次郎とは、まったく違った、極めて現代的な、それでいて滅びの美学を謳い上げた武田家の物語が誕生したのである。

これに勢いを得て、伊東さんは、織田信長の伊賀攻めに立ち向かう四人の若者たちの青春群像劇『山河果てるとも』（角川書店）を刊行。これも充実の一巻だった。しかしながらこの時点で私は伊東さんの作家としての技量を見抜いてはいなかった。己の不明を恥じるようだが、私は伊東さんといえば、重量級の戦国小説の書き手ということを信じて疑わなかった。

ところが——ところがである。

そんな私をびっくりさせる一巻が刊行されたのである。それが本書『戦国無常 首獲り』(原題『戦国奇譚 首』)(二〇〇九年六月 講談社刊)だ。

これが、戦国武者から雑兵まで、彼らの論功行賞のバロメーター足り得た敵の"首"をめぐる六篇から成る連作短篇集であったのだ。一体に小説とは、長短によってむずかしさが決まるものではない。ときは一篇の短篇小説が長篇より作者の体力を奪うことがある。一例を挙げれば、名手、故池波正太郎氏でさえ、晩年になるに従って、鬼平、剣客、梅安の三大シリーズがほとんど長篇で占められるようになったではないか。

『首獲り』に収められた六篇は、概ね、戦国残酷物語の体を成し、一見、往年の故南條範夫氏のそれを思わせる。だが、南條作品が、ドライなタッチで人間の非情な面にスポットを当てていたのに対し、ここに収められている六篇は、戦国武者たちの欲得ずくの行動を描きつつも、そこに浮かび上ってくるのは、人間という致し方のない生きものに対するものの哀れ——すなわち、かの英国の劇作家が、すべての悲劇は喜劇に通ず、といった、あのテイストなのである。

収録作品は、これが大作『武田家滅亡』を書いたのと同じ書き手によるものか、と

思えるほど切れ味のいい短篇小説群で、起承転結の見事さ、そしてときには起承転々に変わることによって生じる物語のウマ味が凝縮されている、といっても過言ではあるまい。

どれもツイストの利いた逸品揃いなので詳述は避けるが、少しでも多くの〝首〟を獲ろうとする焦燥感が、男を友情から裏切りにはしらせる「頼まれ首」や、首獲りの苦悩をめぐる怪異譚「要らぬ首」。見事なまでの逆転劇というべき「雑兵首」等々。

残りの作品は、とりも直さず、御自分の眼で確かめられたい。それらの諸作に垣間見えるのは、一見、勇壮に戦場を疾駆する武者や雑兵たちの屈折した心情や、弱々しい側面なのである。

作品は、シンプルな中にも、それらを巧みに取り入れて陰翳を生み、さらに緩急自在のストーリーが抜群の効果を上げている。従って、時代小説の初心者にも充分楽しめる。

だが、それだけではない。その一方で、作中人物の一人が、川の水をすくって味を確かめ、「──血の味はしていない。ということは、上流に手負いはおらぬはずだ」と判断する箇所のリアルな手ざわりは、かなりのうるさ型の読者も満足させ得ると、私は信じて疑わない。

それにしても――。弱肉強食の戦国の世、一体どれだけの首が戦場で獲られたのであろうか。

戦場で獲った首に化粧を施し、髪を結い直すのは、女たちの役目だった――そんなことをはじめて知ったのは、私が中学生の頃、谷崎潤一郎の『武州公秘話』を読んだ折のことであったろうかと、本書を読みながら、ふと昔の記憶がよみがえって来ずにはいられなかった。

そして話を本書に戻せば、首実検が終わり、小者たちが物を扱うように、首を片づけているさまを見て、軍監が、「――いずれの首も、われらと同様、かつては笑い、しゃべり、飯を食っていたのだ」と無常感にとらわれる箇所が、ことの外、印象に残る。

さらに伊東さんは、昨二〇一〇年再び、待ちに待った作品集『戦国鬼譚 惨』（講談社）を刊行。原題でいえば、奇譚が鬼譚となっただけに収録された五作は正に鬼哭啾々。その迫力と凄惨さ、そして作者の気合いの入れ方には、ますます拍車がかかっていく。こちらは、どれも信玄亡き後の武田と織田の合戦で、困難な決断を強いられた男たちの苦悩を描いて出色の出来栄え。

巻頭の「木曾谷の証人」では、人質にとられている母と子のために、あくまでも武

——もうこのくだりで、読者は否応なく唸らされてしまうことであろう。

さらに、「敵に寝返った畜生どもです」との一言に、権謀術数の凄まじさがこめられた「要らぬ駒」、人の上に立つことなく、命じられたままに生きた信廉の悲劇を描いた「画竜点睛」等、五篇の作品は互いに見事なまでにリンクし、読者諸氏は、小説で久々に死に直面した人間という生き物の凄まじさを見ることになるだろう。

が、伊東さんは、昨年（二〇一〇年）のみでもこれだけでは終わらなかった。海洋歴史小説の力作『幻海』（光文社）を矢継ぎばやに刊行したのである。

この作品は、秀吉が小田原攻めをしている際、別動隊があって、こちらは奥伊豆にある黄金の国へ兵を進めていたというロマネスクな物語だ。

但し、その別動隊の中に、長崎に上陸したイエズス会士シサットが加わっていたというのがミソである。彼は布教の許可を得るため、心ならずも、航海学・天文学の知識を活かして、戦いに加わることになる。

神の従僕がやむを得ずとはいえ、戦いに手を貸す矛盾——だが私たちも、いま、世界中で起こっている飢餓や戦争に目をつむりながら、あたかも平和であるが如く装い

つつ、毎日を過ごしているではないか。
 キリスト教の絶対性を日本の地で相対化し、自分の置かれた困難な状況を打ち破ろうとするシサットの強い意地が読む者の心を打つ。
 また、海戦や船に関する綿密な考証は、わが国の海洋歴史小説の第一人者であった故白石一郎氏の作品を彷彿させて、伊東さんがまた作風をひろげたな、という思いが強い。
 そして今年二〇一一年に入ってからも『戦国鎌倉悲譚 剋』(講談社)で、戦国乱世で、本来なら止揚しかねる理想の果てに散っていった男を描き、さらに自ら勝負作と断じてはばからぬ『北天蒼星 上杉三郎景虎血戦録』(角川書店)をものしている。一体どこまでパワフルなのだ。しかも一見、豪快そうに見える作風の背後には、人の生命の尊さを慈しむ作者の思いが見え隠れしている。
 ますます私が、伊東さんに肩入れしたくなるのが止まらないのは、このためである。新たな戦国小説の書き手の活躍にどうか御注目いただきたい、と思う。

本書は二〇〇九年六月、小社より『戦国奇譚　首』として刊行された単行本を改題し、加筆、修正したものです。

| 著者 | 伊東 潤　1960年、神奈川県横浜市生まれ。早稲田大学卒業後、日本IBM等の外資系企業に長らく勤務後、執筆業に転じ、歴史小説や歴史に材を取った作品を相次いで発表している。主な著書に、『戦国鬼譚 惨』『戦国鎌倉悲譚 剋』『天下人の失敗学』（以上、講談社）、『武田家滅亡』『山河果てるとも』『北天蒼星　上杉三郎景虎血戦録』（以上、角川書店）、『北条氏照　秀吉に挑んだ義将』（PHP研究所）、『幻海　The Legend of Ocean』（光文社）、『関東戦国史と御館の乱』（洋泉社）等がある。

せんごく むじょう　くびと
戦国無常　首獲り
いとう　じゅん
伊東　潤
© Jun Ito 2011

2011年6月15日第1刷発行

講談社文庫
定価はカバーに
表示してあります

発行者――鈴木　哲
発行所――株式会社　講談社
東京都文京区音羽2-12-21　〒112-8001
電話　出版部　(03) 5395-3510
　　　販売部　(03) 5395-5817
　　　業務部　(03) 5395-3615
Printed in Japan

デザイン――菊地信義
本文データ制作――講談社プリプレス管理部
印刷――――豊国印刷株式会社
製本――――株式会社若林製本工場

落丁本・乱丁本は購入書店名を明記のうえ、小社業務部あてにお送りください。送料は小社負担にてお取替えします。なお、この本の内容についてのお問い合わせは文庫出版部あてにお願いいたします。
本書のコピー、スキャン、デジタル化等の無断複製は著作権法上での例外を除き禁じられています。本書を代行業者等の第三者に依頼してスキャンやデジタル化することはたとえ個人や家庭内の利用でも著作権法違反です。

ISBN978-4-06-276997-6

講談社文庫刊行の辞

二十一世紀の到来を目睫に望みながら、われわれはいま、人類史上かつて例を見ない巨大な転換期をむかえようとしている。

世界も、日本も、激動の予兆に対する期待とおののきを内に蔵して、未知の時代に歩み入ろうとしている。このときにあたり、創業の人野間清治の「ナショナル・エデュケイター」への志を現代に甦らせようと意図して、われわれはここに古今の文芸作品はいうまでもなく、ひろく人文・社会・自然の諸科学から東西の名著を網羅する、新しい綜合文庫の発刊を決意した。

激動の転換期はまた断絶の時代である。われわれは戦後二十五年間の出版文化のありかたへの深い反省をこめて、この断絶の時代にあえて人間的な持続を求めようとする。いたずらに浮薄な商業主義のあだ花を追い求めることなく、長期にわたって良書に生命をあたえようとつとめるとにほかならないことを立証しようと願っている。かつて知識とは、「汝自身を知る」ことにつきていた。現代社会の瑣末な情報の氾濫のなかから、力強い知識の源泉を掘り起し、技術文明のただなかに、生きた人間の姿を復活させること。それこそわれわれの切なる希求である。

われわれは権威に盲従せず、俗流に媚びることなく、渾然一体となって日本の「草の根」をかたちづくる若く新しい世代の人々に、心をこめてこの新しい綜合文庫をおくり届けたい。それは万人のための大学をめざしている。大方の支援と協力を衷心より切望してやまない。

一九七一年七月

野間省一

講談社文庫 最新刊

著者	書名
真山 仁	レッドゾーン(上)(下)
あさのあつこ	NO.6〈ナンバーシックス〉#6
内田康夫	イタリア幻想曲〈貴賓室の怪人Ⅱ〉
滝口康彦	一命
新田次郎	新装版 聖職の碑(いしぶみ)
折原 一	天井裏の散歩者〈幸福荘殺人日記①〉
伊東 潤	戦国無常 首獲り
山崎ナオコーラ	論理と感性は相反しない
青柳碧人	浜村渚の計算ノート
高橋源一郎／山田詠美	顰蹙(ひんしゅく)文学カフェ
五木寛之	海外版 百寺巡礼 インド1／海外版 百寺巡礼 インド2

中国による日本の自動車メーカー買収に対し聖都市「NO.6」の侵略と虐殺の歴史が明らかに——酷い真実を知った紫苑とネズミは？ダ・ヴィンチが遺した謎と法王庁を脅かす秘密、浅見光彦がトスカーナで奇蹟を起こす！映画『一命』原作「異聞浪人記」の他、「拝領妻始末」「高柳父子」など6編収録の傑作選。大正2年8月、伊那駒ヶ岳登山中の尋常小学校生徒37名が嵐で遭難。悲劇の実相を描く。202号室のヒロインとあやしい住人たち。めくるめく極上の叙述ミステリー。戦国の世の「首獲り」を巡る武士の悲喜劇を端整に描く、時代小説の新鋭による名品6編。恋と別れ。音楽と文学。ブエノスアイレスと秋葉原。世界がどこまでも広がっていく14編。四色問題にフィボナッチ数列。高名な数学者が仕掛ける数学テロに天才数学少女が挑む。文学は顰蹙買ってナンボ！ 多彩で偉大なゲストを迎え、「文学さん」への愛を語る鼎談集。ブッダの足跡を辿る長い旅が始まる。二千五百年前、彼はガンジスの畔で何を見たのか。思想哲学であると同時に生きた宗教である仏教は、いまインドという地で再生を始める。

講談社文庫 最新刊

上田秀人　《奥右筆秘帳》刃　傷
江戸城内で斬りつけられた併右衛門。周到な罠にはまり、切腹の危機に!?《文庫書下ろし》

西村京太郎　秋田新幹線「こまち」殺人事件
金融詐欺に絡む殺人共犯容疑の女、彼女の再起を阻むように起こる、殺人の連鎖。

大沢在昌　暗　黒　旅　人
売れない作家と芽の出ない女優。二人が成功する代償は身も凍る「使命」の遂行だった。

神崎京介　女薫の旅　空に立つ
人気アイドルとの一夜、切ない再会、200万部突破！江戸に出てきたばかりの町娘、出戻り後家……。時代官能ロマンの人気作。

睦月影郎　《明暦江戸隠密控》武　家　娘
町娘、出戻り後家……。時代官能小説新シリーズ。

今野敏　《宇宙海兵隊》ギガース　4
惑星間の戦いは遥か木星圏へ。死神の兄と申仕事は次々と……。迫真の宇宙空間小説は警察小説を凌駕する！待望の続刊。

汀こるもの　まごころを、君に
有名私立高校で爆弾テロ発生!?探偵の弟が活躍する最凶双子シリーズ第2弾。

ウィリアム・K・クルーガー／野口百合子訳　世界一あたたかい人生相談
ホームレスのおっちゃんが読者の悩みに答える人生相談と、枝元なほみの悩みに効く料理。

ヤン　ソン／山室静訳　《新装版》ムーミン谷の冬
ミネソタの大自然を舞台に、命を懸けた家族の再生。心揺さぶる傑作ハードボイルド最新作。

枝元なほみ　闇　の　記　憶
純白の雪の世界で知る、ムーミントロールのはじめてのすばらしい冒険をつづった作品。

山田芳裕　へうげもの　五服
山田芳裕　へうげもの　六服
愛弟子山上宗二の惨死に、利休の憤怒は爆発！各界大絶賛の異色大河漫画、文庫化第5弾。
利休自刃のXデー前夜、男たちの下剋上は終わらない。文庫版も売れ行き絶好調の第6弾。